U0065619

# 搖搖紙扇訪宋朝

文／王文華　圖／L&W studio

審訂／中央研究院歷史語言研究所助研究員 柳立言

# 目錄


人物介紹 4

1、宋瓷演唱會 8

2、定窯易定 16

3、易定師傅的請託 26

4、十兩聞香費 34

5、開封府小包 46

6、有機會，做好官 60

7、李黑，字不黑 71

8、麻雀搬家 84
9、名揚書市一條街 89
10、你以後是包青天 98
11、小范老子 105
絕對可能會客室 123
絕對可能任務 133
作者的話 142
審訂者的話 146
推薦人的話 149

# 人物介紹

## 機車老師

體型手長腳長，活蹦亂跳像螳螂，原是最受歡迎的熱門樂團主唱，這學期莫名其妙擔任可能小學六年級社會科老師。有人問起：他懂得怎麼教學嗎？嗯，這個問題很好，但沒人在意，因為連校長都變成瘋狂粉絲，只想跟他要簽名照。

## 潘玉珊

可能小學六年級學生，有一頭暗紅色的頭髮，和一顆永不止息的好奇心。小四那年跟爸爸騎單車環島；小五爬玉山還游泳橫渡日月潭。目前，她把眼光朝向喜馬拉雅山，勤練攀岩和滑雪，只等暑假，她就要立即出發。

## 畢伯斯

可能小學六年級學生，崇拜蘋果電腦的賈伯斯。多才多藝，除了是陶藝社社長，還幫話劇社用 B-box 做配樂。熱愛可能小學，因此患有嚴重的可能小學畢業生症候群，一想到要畢業了，他就煩惱。

## 阿呱

本名叫做沈括，他的包袱裡有一疊紙，全是密密麻麻的觀察筆記；還有他親手繪製的插圖，從機械的外觀到內部都畫得很詳盡，他對宋朝的事情特別有興趣——走到哪，問到哪；問到哪，記到哪。

## 畢蘭

畢氏印書鋪的掌櫃兼招待員，她的聲音清脆，每一句話都讓聽者舒舒服服，難怪連得五屆汴京最佳服務員獎。

## 耶律王爺

從大遼來的香料商人。畢伯斯撞到了他載香料的駱駝，他竟然伸手跟畢伯斯要十兩聞香費。奇怪了，什麼是聞香費？這筆錢又和宋、遼兩國有什麼關係呢？

## 包拯

人稱「汴京城黑臉小包，好打抱不平的小包。」有什麼冤屈，有什麼不平，汴京城的人都知道，只要找小包出面就對了。像這回，畢伯斯弄丟了易老闆交代的瓷瓶，怎麼辦呢？快找小包。

# 1 宋資演唱會

地點：開封府前大廣場。

時間：晚上七點。

銀色探照燈照亮夜空，彩色霓虹燈在煙霧裡閃爍。轟！巨型火把噴出大火；轟！震天喇叭震出第一個音符，強襲所有的人。

這是機車樂團的演唱會。

廣場上擠滿了人，官員、秀才和仕女都跟著音樂擺動肢體。仔細一瞧，他們都是可能小學的師生啊！

天哪，可能小學竟然把全校都帶到宋朝？小朋友們還戴著假髮，穿著不知道哪裡借來的服飾。

宋朝的朋友們，
今天讓你們見識一下來自
21 世紀的天籟之音！

手長腳長的機車老師上場了，他像隻螳螂般在舞臺上蹦跳。

舞臺四周的布置全是宋朝瓷器。

雨過天青的汝窯碗；潔白如玉的定窯花瓶；呈現自然冰裂紋的哥窯酒壺。它們在聚光燈下散發著溫潤的光芒。

六年級的畢伯斯正瞪著舞臺布景發呆。原來那是一張地圖，標示著宋朝瓷器從絲路到歐洲的出口路線。

「各位朋友，今天晚上『宋』不『宋』啊？」

「當然『宋』啦！」全場的觀眾跟著狂喊。

不過，畢伯斯不受影響，他腦子裡有個聲音噹噹噹的響。他打開手機，對比舞臺布景。

這路線怪怪的。宋朝首都在汴京，也就是開封，背景地圖的起始點卻在長安。自從機車老師來教社會課以後，他已經養成習慣，老師說的不一定對。想知道正確答案，一定要自己查過才放心。

這也算是一種學習方法嗎？

畢伯斯高舉手機，擠到舞臺下大喊：「地圖不對。」

「哪裡不對？」機車老師在臺上問。

「北宋的首都不是長安而是開封，那些赫赫有名的官瓷就在開封生產。」

「沒有人會注意這種小細節啦。」機車老師跳回舞臺中央，甩動一頭鬈髮，撥動琴弦，迎來觀眾的喝采……下一瞬間，燈光全亮，音樂驟然停止，一陣巨大的聲響自舞臺上空的擴音喇叭傳來。

「接下來拍第六幕，請大家拿起手上的茶說『開封烏龍茶最宋』。」

那是大鬍子導演的聲音。他還順便警告畢伯斯：「閒雜人等，請退到旁邊。」

原來，這是在拍開封烏龍茶的廣告，機車老師請大家配合當臨時演員。

原來，這是可能小學的操場。千年古城牆、石板街道、皇城廊橋，全是4D投影機的效果。

「等你們拍好就來不及了。」畢伯斯大叫。

機車老師放下吉他。「這位同學，請你快去把對的地圖找出來，我再請廣告公司修改。」

「沒問題。」畢伯斯擠出人群。

潘玉珊追過來問：「你要去哪裡？」

「舞臺上的地圖印錯了。」

麥克風傳來機車老師的聲音：「你們快去找，沒找到地圖別回來。」

潘玉珊掀開布幕一角，外頭是可能小學的教學大樓。她回頭望了一眼：「真的很怪，重金屬搖滾樂配上宋朝的瓷器，不搭。」

這問題，畢伯斯老早就提過了。

校長的回答是：「不管怎麼怪，這就是可能小學啊。」

可能小學位於捷運動物園站的下一站。

動物園都是最後一站了，還有下一站？

當然！在可能小學裡，沒有不可能的事。

他們可以把冰山搬進校園，把大海縮成池塘。小朋友想觀星，校內有天文館；小朋友想去戶外教學，說走就走，絕不囉嗦。

那麼，請搖滾樂團開演唱會，還把學校變成宋朝開封府，也就沒有什麼不可能了。

對了，臺上蹦蹦跳跳像隻螳螂的機車主唱，就是這學期的社會老師。

畢伯斯和潘玉珊走到地下停車場。

今天的停車場成了演唱會的後臺，堆滿了音響設備、樂器和各種顏色的電線。

數不清的道具箱堆疊著，樂手們的服裝凌亂的掛在架子上。

最角落有一扇木門，木門上畫了個骷髏頭。底下被人踹破了一個洞，洞裡射出無比耀眼的光芒。

那裡是「可能小學地圖室」。

# 重文輕武的宋朝

西元九百六十年，陳橋這個地方發生了一件大事：士兵們清早起來，硬把龍袍套到他們的指揮官趙匡胤身上。趙匡胤因此當上皇帝，開創了北宋。

趙匡胤雖然當上皇帝，卻當得提心吊膽。擔心今天部下們擁立他，明天說不定就把龍袍套在別人身上。後來他想到一個好方法：把部下們找來，一邊喝酒，一邊勸說他的部下，只要交出兵權，就有用不完的金銀珠寶。

這些部下都是明眼人，知道皇帝對自己猜忌；既然有大把財富可花用，又何必惹得皇上不開心呢？於是個個眉開眼笑的交兵權換賞金。

「陳橋兵變」及「黃袍加身」這兩件事在歷史上都很有名，它們結束了唐朝末年到五代十國的兵荒馬亂局面，讓中國進入一段長久的和平歲月。然而，「杯酒釋兵權」讓宋朝的將軍們乖乖聽話，卻也讓宋朝從此重文輕武。

因為重文輕武，宋朝一直有「外患」問題。不管是遼國、西夏、金國或蒙古，自始至終都不斷的威脅著宋朝；但也因為重文輕武，宋朝成了中國歷史上經濟與文化最繁榮的時代。

趙匡胤是武將出身，卻立下一條祖訓，要求子孫不得殺害文人。讀書人的地位提升了，文學藝術的創作也增加了。唐宋八大家（唐朝及宋朝八位最好的文學家）之中，光是宋朝就一口氣入選了六位。宋朝的科技發達，四大發明之一的活字版印刷就是此時發明的。宋朝更把瓷器的製造提升到最高的境界，顏色如「雨過天青」的汝窯瓷器，直到今天依然無人能夠模仿。

# 2 定窯易定

地圖室，他們來過很多次了。

小小的，暗暗的，加上一盞昏黃的燈泡。

但是現在——

推開門，裡頭很亮，燦爛的陽光從窗外灑進來。

奇怪了，這裡明明是地下室啊。

成排的木架上，擺滿做好的泥土素坏。

花瓶、酒壺、茶碗和盤子，架子上擺得琳琅滿目。

「這裡什麼時候改成陶藝教室了？」潘玉珊問。

「我們陶藝社沒在這裡上過課！」畢伯斯是社長，他很清楚。

他們好奇的走進屋裡。怪的是，腳踩下去時，腳尖傳來一股極細微的電流。不痛不癢，輕快的流過全身每一個毛細孔。

電流一瞬即過，感覺卻像過了一輩子。

畢伯斯忍不住看了看潘玉珊。

潘玉珊也正好奇的望著他，彷彿在那一剎那，他們都變了。

明明沒有。

他們身上還穿著宋代衣服，人還是原來的樣子。但再往屋內走，感覺更怪了。

地圖室裡的空間變得好大。而且這幾十排的陶瓷器皿是哪裡來的？

「地圖架呢？」潘玉珊問。

畢伯斯聳聳肩，他也不知道。

更怪的是旁邊多了一間房。上次他們來這裡找東漢地圖時，根本沒有這間房。

現在，小小地圖室的右側多了一道門。門後面的房間更大，好多穿著古裝的人在裡頭忙，規模不像是陶藝教室，倒像是一間工廠。

「好了，又來了。地圖室又把我們帶回古代了。」畢伯斯說。

「問題是，我們到了哪一朝？」潘玉珊一向好奇心重。「走吧，再往裡面看看。」

她帶頭，畢伯斯跟著，兩個人踏進隔壁的房間。

幾十個叔叔、伯伯在拉坏。他們的手法熟練，一腳踩著轆轤，兩手在一塊溼泥巴上拉呀拉。不一會兒功夫，就拉出一個個碗盤。

在可能小學的工藝教室裡，轆轤都是電動的。按下開關它們就會自動轉起來，要快要慢都沒問題。

但現在，畢伯斯看不見任何一樣電器用品。很原始的轆轤是用腳踩的，做出來的成品卻讓他自嘆不如。「陶藝老師也沒有他們做的好。」

有人在修坏，有人在揉土，還有人用手捏土，做好的成品就分門別類的被放到另一個房間。

畢伯斯很好奇，凝神看著一個花白頭髮的爺爺拉坏。

老爺爺一口氣拉出一個長頸的梅瓶後，抬頭看到他說：「你們是新來的學徒？來，換你試試看。」

他說的是畢伯斯。畢伯斯很開心，拉坏他學過。

他坐下來，學老爺爺踩動踏板，轆轤果然動了起來。畢伯斯低頭檢查，真的沒有馬達，就是一條布帶子帶動轆轤轉動。

「不錯喔，起手式很穩。」老爺爺在一旁指導，「往下再多施點力。」

畢伯斯的手巧，老爺爺教得也好。他很快就拉出一個碗面細薄的碗。老爺爺笑著誇他做得好。「再學三年，我看也可以出來當師傅。」

「三年？」他吐了吐舌頭，「好久喔！」

「三年就能出師，算快的了，到時皇宮裡的碗盤碟瓶都是你拉的，多神氣呀。」

潘玉珊嫌無聊，在工作檯邊用泥巴捏花。

她沒耐性，把玫瑰花捏成了麵疙瘩。這塊疙瘩沒地方放，她看看畢伯斯剛拉好的碗，想也沒想，就把麵疙瘩黏了上去。

「不行。」老爺爺搖搖頭。

「你是說我捏的花不行？」

老爺爺用刀把那塊麵疙瘩刮掉。「我們定窯的瓷器，專在造型下功夫。這是定窯的招牌，不能亂改。只有三流的窯廠才加這些花招。你們當學徒，把基本功學好才是最重要的。」

「我們是學生。」畢伯斯說。

「是來找地圖的。」潘玉珊記得正事。「地圖被你們挪到哪裡去了？」

門外有個年輕的大哥哥走進來拍著手說：「說得好，說得好。」

那個大哥哥又瘦又高。「易定師傅果然名不虛傳，只重造型，不重花俏。」

他說話時比手畫腳的模樣，看起來好像一個人……

畢伯斯想也沒想的大喊：「機車老師？」

大哥哥搖搖頭：「我生平最不愛當老師了。我叫做沈括，朋友們嫌我整天呱呱呱的很吵，都叫我阿呱。」

阿呱說到這兒，嘴角微微牽動了一下，那似笑非笑的表情，酷酷的，跟機車老師好像。

潘玉珊很認真的打量阿呱，阿呱卻專心的觀察窯廠。他的眼光停在畢伯斯腳下。「這是腳帶轆轤？」

易定師傅說：「沒錯，拉坏少不了的器械。」

「好東西、好東西，我在汝窯看過另一種，它們是用牛皮帶動轉盤。」

「牛皮？那應該也不錯。」易定師傅一說完，突然瞪大了眼睛：

「你……你是來打探我們窯廠的祕密嗎？」

阿呱搖搖頭，他從包袱裡拿出一疊紙，一張一張拿給大家看。

「這張寫『指南車』。」他說，「這張是磨藥的杵和臼，後頭這張是水車轉動的原理。」

密密麻麻的筆記，附上手繪插圖，從外觀到內部都畫得很詳盡，特別重要的構造還加了剖視圖和細字注釋。

潘玉珊是個很認真的小孩，平時上課都很認真寫筆記。見了阿呱的筆記後，她佩服得直點頭：「太厲害了，用毛筆作筆記？」

阿呱說：「不敢當，在下只是想把當今世上的事物都記下來。」

「什麼都記？難道在寫百科全書？」畢伯斯問。

阿呱聳了聳肩說：「百科全書？那是什麼書？小兄弟，你待會兒解釋給我聽，說不定我也可以記下來。咱們這年頭有這麼多好玩的事，不詳記起來，多可惜！」

「了不起，」易定師傅拍拍他的肩膀：「年紀輕輕，想法深遠，看完我們定窯，還想上哪兒？」

「我四處走走轉轉，接著說不定就去汴京，那裡是京城，好看好玩的事多。」

一聽到汴京，易定師傅眼睛一亮：「太好了，那我有個請託，請你務必答應。」

「請託？」

# 中國科學指標人物：沈括

在西方人還不知道石油的時候，北宋有個讀書人發現，陝北的人們用一種黑色液體照明取暖。這個讀書人很好奇，反覆研究這個液體，發現它可以用來照明、煮食，便鼓勵大家使用它，還幫它起了一個名字叫「石油」，厲害吧，這個的名字直到今日我們還在使用。

這位聰明的讀書人就是北宋的沈括。沈括從小聰明好學，十四歲就讀完家裡藏書，後來跟著做官的父親遊覽中國各地。這些遊歷使他大開眼界，從中獲得許多知識。讀書加上親自見證，讓沈括不管是在天文曆法、數學、物理、化學、地理、地質、氣象、生物、醫學上，都有重大的成就。西方人甚至尊稱他是「中國科學史上的座標」。

沈括三十三歲在京城開封擔任司天監，他提出用《十二氣曆》代替農曆。《十二氣曆》比現在世界通用的公曆——格里高利曆還要合理，可惜未被採納。

沈括在用指南針定方向時，發現磁針常向東偏：他是歷史上第一個指出磁針「N」極所指的北方與真正的北方有一些偏差的人，這項發現比歐洲人足足早了四百年。

晚年，沈括住在夢溪園，他把一生研究的成果，寫成一部二十六卷的科學鉅著——《夢溪筆談》。《夢溪筆談》是中國古代科學技術成果的資料庫，像活字印刷、磁針裝置、水法鍊鋼等，全靠這本書記錄而留傳下來。

# 3 易定師傅的請託

易定師傅領著他們走進另一間房。

「地圖室什麼時候變成了魔法空間？到底有幾間房啊？」潘玉珊瞪大了眼睛，「太奇怪了！」

這房間布置得很雅緻。牆上只掛了一幅水仙畫，花開滿盆，彷彿能聞到花香。畫的兩旁擺了花瓶，色彩很柔和，淡淡的藍，淡淡的紅，淡淡的綠。家具的線條很簡單，沒有過多的裝飾。

方桌上有茶具，白玉茶杯的杯口很大，像是比較瘦的碗。

易定師傅正在泡茶。茶水注入溫潤的瓷杯中，白煙縷縷，空氣裡充滿茶香，淡淡的。

畢伯斯猜，這應該是一間觀光工廠，讓遊客ＤＩＹ，兼喝茶買產品。

「五大官窯有汝窯雨過天青，哥窯冰裂紋……」阿呱翻著他的筆記本，一張一張給大家看，「定窯，當以白玉似的瓷器為特色，是也不是？」

易定師傅笑了笑，拿出一個瓶子放在桌子上。瓶子也是白色的，像玉一樣。修長的瓶子，中間肚子很大，壺口卻縮成拇指寬。這如果不是裝酒的，就是插花的。

不過，這麼小的瓶口，頂多只插得下一枝花。瓶子上以雕刻刀俐落的刻了兩行字：

碧雲天，黃葉地，秋色連波，波上寒煙翠。
山映斜陽天接水，芳草無情，更在斜陽外。
黯鄉魂，追旅思，夜夜除非，好夢留人睡。
明月樓高休獨倚，酒入愁腸，化作相思淚。

「哎呀，寫得真好。」畢伯斯說。

「那當然，」易定得意的說，「想當年，為了練這門瓶上刻字的功夫，我足足練了三年六個月。不知道刻壞多少個瓶子，挨了師傅多少下板子，這才練出手不抖、氣不喘，一筆到位的刻字功夫。」

畢伯斯搔搔頭，「哦呃，其實……我是說……這首詩寫得真好。」

易定搖搖手說：「小兄弟，這不是唐朝人寫的詩，這是宋詞，它跟詩那種規規矩矩的句子不太一樣。」

「所以，我們來到宋代？」畢伯斯和潘玉珊互看了一眼。

易定又笑了。「當然是宋代，所以才叫宋詞啊。」

潘玉珊仔細比對了一下。「你這詩忽長忽短……」

「是詞。」易定糾正她。

「對，是詞。有的長，有的短。」

易定說：「所以有人叫它長短句，也有人叫它詩餘，寫詞不簡單，要跟著旋律填詞。」易定解釋，「宋詞可以拿來唱歌。」

「哇，原來宋詞就像是歌詞嘛，我們機車老師就會唱。」潘玉珊說到這兒，故意看看阿呱。她懷疑阿呱是機車老師，不過，阿呱動也沒動。

畢伯斯把那詞再唸了兩遍，忍不住讚嘆：「您這詞寫得真好。」

易定哈哈大笑：「不不不，這是范大人寫的詞。論打仗，范大人第一名；論寫詞，還是范大人第一名。當今世道，范大人是一等一的好官，他所做所為都以百姓優先。朝廷裡的小人，天天罵范大人，時時造他的謠，說他的壞話，我們老百姓看了心裡不平啊。」

易定說到這兒，嘆了一口氣。

阿呱問：「易師傅的意思是……」

「你見多識廣，看起來古道熱腸。兄弟呀，我要請你幫個忙，幫我把瓶子送給范仲淹范大人。皇上不了解他，我們百姓難道不能給他打打氣嗎？」

「這個忙，該幫！」阿呱說，「我也很欣賞范大人，大家都說他是大宋第一清官。有這麼好的機會借花獻佛，還等什麼呢？」

潘玉珊急忙舉手說：「阿呱，我們跟你去！」

阿呱笑著說：「人愈多愈有意思啦，只是你們沒跟父母稟報一聲——」

潘玉珊脫口而出：「這是可能小學的課程，沒問題。」

阿呱疑惑的問：「可能小學？那是什麼地方？我怎麼從沒聽過？」他拿出紙筆準備抄寫。

「對了，你有地圖嗎？」畢伯斯急忙轉移話題。

阿呱放下筆，指指腳上說：「路是靠著腳走出來的，何必要地圖呢？」

「沒有地圖怎麼回家？」畢伯斯說。

「家？誰會忘了自己的家呀。」阿呱笑著搖搖頭，帶頭走了出去。

門外，當然不是可能小學的地下停車場。天空萬里無雲，空氣裡有著煤炭的味道。眼前不是柏油路，而是一條泥土路。路上有牛車和馬車。一整片的窯廠分布在路兩旁，無數煙囪冒著白煙。

他們進入地圖室前，可能小學還是黑夜，正在舉辦演唱會。穿過一個陶藝工廠，竟然成了白天。

潘玉珊看看畢伯斯，畢伯斯也正望著她，兩個人同時一笑。

「宋朝，我們來了！」

# 中國的驕傲：宋瓷之美

中國瓷器美，宋瓷更美。

宋瓷的美，美在青瓷。汝窯是宋朝專門生產瓷器的五大著名窯廠之一。汝窯生產色澤溫潤的天青色出了名，這種青色有如雨後的晴空，能隨光影變化。據說這種顏色是宋徽宗在夢中所見，他醒來後立即命人仿造。雨過天青色究竟怎麼燒製出來呢？直到今天，還是無人能解。

想欣賞這麼美的瓷器嗎？壞消息是全世界剩不到七十件；好消息則是臺北國立故宮博物院藏有二十一件，是全世界收藏汝窯作品最多的博物院。

宋朝的白瓷也很美，燒白瓷第一名的是定窯。定窯的釉色在白裡帶一點微黃，色調溫暖，被稱為「牙白」。定窯很重視造型；白色的釉配上優美的線條，呈現一種清純、簡單的美，那是定窯的特色之一。

冰裂紋是宋朝哥窯的特色。冰裂紋原來是一種燒窯時的意外。瓷器拿出來後，因為冷熱收縮不一，使得瓷器上產生了裂紋，稱之為「開片」。而哥窯的工匠卻能把瓷器上的缺陷轉化成一種美，最後形成自己的特色。

宋朝瓷器美，外銷到世界各國，歷朝歷代都有很多工匠想超越宋瓷；然而直到今天，人們談起瓷器，還是不由自主會想起這個獨領瓷器風華的朝代。

北宋汝窯蓮花溫碗，是溫酒的用具。

# 4 十兩聞香費

外頭時間好像是春天。河邊開滿野花，天氣很暖和，風吹起來很涼。路邊的屋子漸漸多了。阿呱說，只要穿過柳樹林，汴京就到了。

這片林子很稀疏，跟著大河彎彎曲曲向前走。幾艘船在河上漂著，船上的船夫發出整齊的吆喝聲。

「我好像來過這裡。」畢伯斯說。

「你作夢啊，你怎麼可能來過宋朝？」潘玉珊笑他。

「真的，等我們過了這些林子，應該有一座大橋。」

潘玉珊不相信，正想嘲笑他，沒想到走出林子，果然是一座彩虹般的大拱橋，橋面寬闊，向上彎曲，橫跨大河。

彩虹橋前面是個大廣場，四周商鋪一間又一間，算命館、飯鋪和酒樓相互比鄰。

橋上全是行人，有打扮花俏的姑娘、擔著貨箱的小販、趕驢的老人和放風箏的少年。也有人就在橋上做起生意，吆喝聲此起彼落；橋下碼頭停滿了船，大船小船齊聚。有人在卸貨，有人在收帆，橋上橋下一樣熱鬧。

畢伯斯很得意。「如果我沒猜錯，過了這座橋，就到了城門口，城裡頭更熱鬧。」

阿呱跟在後頭說：「小兄弟，你說對了，汴京城裡真的熱鬧非凡，看上十天十夜，也不會倦的。」

他們好奇的跟著人流往城裡頭走。城門後果然是一條大街。大街至少有三十公尺寬，一邊是茶樓、酒樓和客棧，另一邊是肉鋪、香料店和飾品店等。商店裡擺滿了絲綢布料、奇珍異寶、剛出爐的大餅，還有姑娘們喜歡的胭脂水粉，樣樣俱全。

潘玉珊大叫：「畢伯斯，你來過，你真的來過！」

畢伯斯有點遲疑：「可是，我真的是第一次來。」

潘玉珊猜：「難道古人的城都蓋得一模一樣，有相同的拱橋和一樣的茶館和店鋪嗎？不對呀，我們上回去戰國和東漢的城都跟這裡不同；這裡繁華又熱鬧……」

「不，」阿呱說：「汴京身為京城才會如此繁華。想看各種雜耍跟戲曲，要等到清明，來上河玩的人才多。」

「清明？上河？」畢伯斯大叫的聲音，嚇得路旁一頭驢子跳了起來，趕驢的大叔氣呼呼的瞪了畢伯斯一眼。

「不好意思、不好意思。」畢伯斯急忙跟他道歉，回頭說：「我今年暑假在故宮博物院當了一個月的志工，負責解說清明上河圖。這座橋和城門口，我足足看了一個月，難怪我覺得好像來過。」

「清明上河圖？怪了，如果這圖這麼有名，我怎麼沒聽過？」阿呱一邊問，一邊又拿出筆來準備作筆記。

潘玉珊解釋：「那是一張很長很長的圖，是北宋時期一個叫做張擇端的人畫的。故宮博物院還有一張動畫版的清明上河圖，裡頭的人都會動。牛會拉車，駱駝會眨眼。但是比來比去，還是比不上走進這張圖有趣，哈哈。」她說到這兒，咯咯咯的笑了起來。

阿呱很有興趣，「圖畫會自己動？這真是太奇怪了，好姑娘，你慢慢說清楚，我得把它仔仔細細的記下來，收進我的書裡。」

潘玉珊可沒空跟他解釋數位影像的原理，因為她看到畢伯斯已經在大街上跑來跑去，兩手張開，把自己當成了小飛俠。

他經過一隊牛車；

跳過賣水果的阿婆；

鑽過一匹馬的肚子。

「我在清明上河圖裡跑，帥不帥？」

「你小心一點。」潘玉珊提醒他。

「安啦，道路這麼寬，我……」他還沒說完，砰的一聲，不知道撞到了什麼，跌了個四腳朝天。

畢伯斯爬起來，揉揉頭想罵人。一頭龐然大物正低頭研究他——那是一頭駱駝。

他往後一看，幾十頭駱駝排排站，背上都馱著貨物，而那貨物……

「好香啊。」

畢伯斯忍不住吸了一口氣，這味道，比廟裡拜拜的香還要好聞。

他再深吸了一口氣。「真香。」

半空中突然伸來一隻手，抓住他的領口，把他整個人往上提起來。

一個穿著皮襖的高大漢子瞪著他，嘰哩呱啦說個不停。那不知道是哪一國的話，畢伯斯聽不懂。「怎麼了？你為什麼這麼生氣？」

嘰哩呱啦，嘰哩呱啦。

旁邊一個矮矮的的老頭即席翻譯：「耶律王爺說你不該衝撞他的駱駝，」他指指駱駝背上的貨物，「更不該偷吸香料的氣味。」

原來，這是遼國的商

隊。而那個很香很香的東西叫做香料。

「什麼叫偷吸，我們是光明正大的吸。」潘玉珊不服氣。

她故意狠狠吸了兩大口，扠著腰，得意洋洋的望著老頭。

大漢氣得大吼大叫。

老頭邊聽邊搖頭說：「我的小祖宗啊，你們睜開眼睛看清楚，這位貴客，可是遼國的耶律王爺。王爺說他是大人有大量，你們只要付十兩吸香費，他就原諒你們，不把你們告到官府了。」

「什麼？」潘玉珊大叫。

「十兩？我沒錢。」畢伯斯看看阿呱，阿呱搖搖頭，他也沒錢。

嘰哩呱啦，嘰哩呱啦，耶律王爺竟然拉著潘玉珊的手，又是一串嘰哩呱啦。

老頭搓著手笑道：「沒錢也沒關係，我們耶律王爺是個寬宏大量、熱心助人的王爺。他說看在遼宋兩國建交已經這麼久，彼此是兄弟之邦，你們既然付不出十兩吸香費，那王爺就把這位小姑娘帶回遼國去，不跟你們計較了。」

「我？」潘玉珊想掙脫耶律王爺，他的手卻像鐵箍一樣，掙不開。耶律王爺發出一陣狂笑，嘰哩呱啦啦啦的說個不停。

老頭喜孜孜的說：「哎呀，恭喜小姑娘，賀喜小姑娘。耶律王爺不嫌棄你出身低微，要讓你去遼國當他的第三十九位愛妾，快點向王爺叩頭謝恩哪。」

「這是什麼年代呀，你眼中還有沒有王法？光天化日之下，想把我搶回家？」潘玉珊突然想到這一句。

「這是宋代向遼國求和的年代；耶律王爺看上你，你還不知足？」老頭斜瞄她一眼，「多少人燒香拜佛都求不來的事，你別不知好歹。」

他們在爭論的時候，四周來了好多人，把他們圍成好大一圈。

有的人勸潘玉珊別嫌富愛貧，跟著耶律王爺回遼國才是正經事。

更多的人卻是罵那個老頭巴結遼國人，做了遼國人的走狗。

一個年輕人提議：「也不過十兩銀子而已，咱們一人捐一點，別把好好一位姑娘送去遼國。」

「對對對，每年送遼國的金銀財寶那麼多，別又賠了一位好姑娘。」

人們紛紛掏出銀兩，想要幫助潘玉珊。

這時，外面擠進來一個留著小鬍子的中年人。「十兩銀子嗎？我這兒有，我捐！」

# 紙上博物館：清明上河圖

《清明上河圖》的創作者是北宋著名畫家張擇端。這幅畫高度不到二十五公分，長度卻有五百二十八公分，很詳細的把北宋首都汴京的繁榮都市景象記錄下來。

汴京就是開封府。這幅五公尺多的長畫描繪的風景，先從鄉村開始，一路跟著汴河前進，經過熱鬧的虹橋，來到了城門，進入汴京大街後，最後在皇家的金明池終止。

整個清明上河圖的情境由鄉村的安靜，進入都市的繁華熱鬧，最後又結束在金明池的寂靜裡。內容有民間，有皇室；街上的店鋪至少五十多種，牛羊駱駝等兩百頭，建築物三百棟以上，人物更超過三

千個。說它是一部活生生的北宋紙上博物館，一點兒也不為過。

張擇端把圖畫好了，將它獻給當時的皇帝徽宗。徽宗也是歷史上的書畫大家，他用自己著名的「瘦金體」書法，在圖上題了「清明上河圖」。從此，這幅畫就成了一幅傳奇。

這幅畫問世八百多年，曾被無數收藏家欣賞把玩過。因為它太有名了，大家都想要收藏，以至於它曾經五次被收入皇宮，又四次被盜出皇宮，歷經劫難。

也因為它太有名了，歷代都有很多畫師摹仿它。張擇端的原畫，目前保存在北京的故宮。臺北的國立故宮博物院收藏七件它的仿作，小朋友有機會去故宮，可要好好看看這座紙上博物館喔。

清明上河圖，圖片只是原畫的其中一小部分。畫中的橋上是個熱鬧的市集，正要經過橋拱的船可是被岸上的人用繩子拉著走的呢！

# 5 開封府小包

中年人的臉特別黑，額頭上一塊淺黃色的胎記好明顯。

那人拿起一個袋子，裡頭噹噹作響。「王爺想用十兩銀子買這個小姑娘，那可不行。十兩銀子，我這兒有。」

沒想到，耶律王爺大喝一聲：「剛剛十兩，這麼久經過，又多聞了香味你們，二十兩了現在。」

「你明明會說我們的話嘛——雖然說得很奇怪，」潘玉珊很生氣，「剛才卻故意嘰哩呱啦。」

「可見你這個王爺不老實！」中年人輕輕搖了搖頭。

耶律王爺說：「錢你給不起，小姑娘就帶走我。」

潘玉珊學他講話的方式說：「不會說話少說你，不想帶走你小姑娘。」

「唉呀，原來遼國王爺也會趁機敲竹槓？」中年人笑著從身上再掏出一錠銀子，「二十兩，我也有。」

他把銀子慎重的放進一個袋子裡，搖了一搖，銀子噹噹作響。「王爺，聽到了嗎，不多不少足足二十兩！」

耶律王爺伸出手。「聽到了，拿來吧！」

中年人卻把錢袋收進衣服裡說：「你既然聽過錢的聲音，那就付清了。」

「嗄？」耶律王爺兩手空空的在他眼前晃著，「沒有錢，沒有錢，手裡沒有錢。」

「這位小兄弟也沒拿到你的香料啊。他聞了香料的味道，我替他還銀子的聲音，這下子銀貨兩訖，兩不相欠！」

中年人說完，四周響起一片掌聲。

「沒錯，沒錯，聞了香氣，還了錢聲。」

「快回你們遼國去吧。」

一時之間，整條大街上的人全這麼笑罵著。

耶律王爺想發火，看到這麼多人又不敢，一肚子火沒地方發，拿起鞭子就打那個翻譯的老頭。只是他一生氣，又是一陣嘰哩呱啦。街上的人笑得更開心了。

老頭可不敢再說什麼，他彎著腰，揉著背，嘴裡吆喝，那列駱駝終於浩浩蕩蕩的走了。

看他們走遠了，潘玉珊朝著那個中年人說：「謝謝你，要是沒有你，我就真的要去遼國當人家的小妾了。」

畢伯斯笑她：「那樣也不錯，你這麼凶，嫁到遼國，我看還是那個王爺倒楣，說不定沒幾天又把你送回來。」

「你討打呀。」

潘玉珊氣得給他一拳，圍觀的人都笑了。

阿呱卻對著中年人拱拱手。「在下沈括，不知道這位大伯怎麼稱呼？」

「什麼大伯？」滿街的人異口同聲的說：「他是汴京城黑臉包大人，好打不平的包大人。」

包大人笑著說：「沒錯，天下不平的事太多了，我得管一管！」

旁邊幾個大嬸說：「包大人做言官，是一流的好官，不怕權不怕勢。」

另一個大娘搶著說：「上回有個大貪官，魚肉鄉民，百姓苦不堪言，大家想要告他，但是貪官的後臺太硬，連皇上都護著他。」

「那怎麼辦呢？」潘玉珊問。

大娘露出可愛的笑容，「包大人連寫七張奏章，這才把他告倒了。」

「打抱不平，為民除害。」四周的人們大聲的說。

阿呱聽了佩服極了，他朝包大人拱拱手說：「這麼好的官員，一定要請您喝杯茶再走。」

「喝茶呀？我不能接受你的請客，但是交朋友，喝茶也是應該的，只是，茶錢我自己付。」

「那我們也要去。」潘玉珊和畢伯斯說。

「我們統統都要去。」街邊的人們全都擠過來，「我們自己付茶資。」

想喝茶的人太多，茶館一樓馬上坐滿了。

包大人帶著阿呱等人上了二樓，這才找到座位。

茶館人聲鼎沸，但是包大人一開口，大家全安靜了。

原來，大家喝茶是藉口，來聽包大人講話是才真的。

「你們太客氣了，」包大人說，「我是朝廷官員，路見不平，拔刀相助，是本分之事。」

阿呱臉色一正。「我也是受人之託，要送瓶子給范大人，還帶上這個小兄弟和小姑娘。如果他們被遼國人帶走，我還真不知道該怎麼跟他們的師傅交代呢。」

包大人嘆了口氣。「自從簽了澶淵盟約，朝廷每一年都要給遼國十萬兩白銀、二十萬匹絹。這些年來，遼國人每回到汴京，總是耀武揚威的。要金銀要絲綢，現在連民女都要搶了。再不給他們一點顏色看看，宋朝人都要被他們踩在腳底下了。」

「給他們一點顏色看看哪。」茶樓裡的人吼著。

「讓他們知道，大宋人不好惹。」

「唉，朝廷也是沒法子。要不是有這條和約，說不定得年年打仗呢。」

阿呱說，「憑咱們大宋的軍隊……」

阿呱說到這兒，竟然滿茶樓的人都把頭低了下去，同時嘆了口氣說：

「打不贏呀。」

畢伯斯想問為什麼打不贏時，店小二卻扯了個人進來。

那是個獨臂人，只剩下左手，一臉不服氣的樣子。

小二進來拱拱手問：「各位貴客，請問有沒有掉東西？」

「沒有。」包大人說。

潘玉珊和畢伯斯摸摸身上。「我們也沒有。」

店小二卻拿出一個背筐問：「這是你們的嗎？」

啊，那個竹製的背筐看起來好眼熟。

畢伯斯急忙看看椅子。他的背筐本來放在椅子上，現在不見了。

「是他偷的。」小二說。

「各位大爺，我少了一隻手，怎麼可能偷東西呢？」獨臂人喊冤枉。

對呀，少了一隻手，不可能偷東西。

四周的人點點頭。

「莫冤枉了好人。」

「說不定是看走眼。」

店小二急了。「真的是他，是這個賊偷的，他一進來我就盯著他了。」

獨臂人苦著一張臉說：「你莫冤枉人，我身體殘缺，如何做得了賊？」

他可憐兮兮的樣子，讓圍觀的人起了側隱之心，跟著勸小二，會不會是看錯人了。

包大人也很同情的說：「小二哥不要多疑，人家明明少了一隻手，如何竊取背筐呢？」他回頭安慰獨臂人，「好兄弟，別急，這件竊案絕對不是你做的。小二哥，快把人放了吧，我保證這真正的賊跑不掉。」

店小二無可奈何，只好放開獨臂人。「既然有包大人做保證，小子，今天算你走運，下回再來這裡當賊，別怪我把你扭去衙門。」

包大人拍拍獨臂人說：「你受驚了，這下沒事了，快走吧！」

「是是是，這家茶樓我再也不來了。」

獨臂人剛轉身，還沒踏出門口，包大人突然叫了一聲：「唉呀，忘了請你喝杯茶，壓壓驚。」

那獨臂人愣了一下，這才走回來說：「您請的茶，那是要喝一杯的。」

包大人看他用僅剩的一隻手拿茶杯，好奇的問：「你少了一隻手，行動不便。平時要怎麼拿物品呢？」

對呀，一般人拿東西是要用兩手，只有一隻手的話……

那人放下茶杯說：「沒事的，我這手生來就殘了，習慣了。就算是這桌子，我一隻手也能扛。」

包大人指著桌上說：「那如果是這個背筐……」

「簡單！」獨臂人把頭從背筐這邊鑽進去，把它像個小背包似的掛在另一邊肩上。

包大人笑著說：「看你這麼容易就拿起來，背筐不是你偷的，還會是誰呢？」

「我……」獨臂人臉色發白。

「你上當了。」樓上的人同聲大叫。

「絕對是你呀。」包大人把背筐拿下來交給畢伯斯。「看看裡頭東西有沒有少了？」

旁邊的小二敬佩的說：「人家都說開封府包拯聰明得就像唐朝狄仁傑，果然沒錯。」

畢伯斯嚇了一跳，背筐差點從手上掉下去。「開封府的包拯？」

「你是開封府的包青天？」潘玉珊跟著大叫。

茶樓上上下下的人們都站起來喊：「包大人如果有朝一日當上開封府府尹，一定能把開封府治理得井井有條。」

你就是包青天？你在我們家很受歡迎，我的爺爺奶奶都是你的粉絲呢！

# 花錢的約定：澶淵盟約

宋真宗時代，遼國二十萬大軍南侵。軍情傳到汴京，朝廷一片驚慌。

朝廷為什麼會驚慌呢？因為宋朝是歷史上有名的重文輕武的朝代。這個朝代的文學、藝術和科學鼎盛，但打仗卻是勝少敗多；現在遼國大舉來侵，怎麼打得過人家呢？

大多數的臣子都勸皇帝快跑，只有宰相寇準堅持抗戰到底，還說服宋真宗御駕親征。宋真宗聽從他的建議，帶著大軍前往澶州。守城將士看見皇帝來到前線，一時士氣大振，連呼「萬歲萬歲萬萬歲」，聲音響徹雲霄，接連打了幾場小勝仗。

仗打完了，宋朝和遼國還在城裡城外僵持了好多天；宋朝趕不走遼國，遼國打不進宋朝，最後雙方就在澶州城下簽了一紙和平的約定。

在這盟約裡，遼聖宗從此要稱呼宋真宗為哥哥，身為哥哥的宋真宗也要每年給弟弟二十萬匹綢緞及十萬兩銀子。

這盟約聽起來是中國贏了面子，輸了裡子，其實對宋朝來說是個很不錯的和約；他們每一年給遼國的錢，只占國家百分之一的稅收。在古代，打一場仗是很花錢的，例如他們和西夏打仗，就花了幾千萬，是不是很可怕？

這個盟約，讓遼宋兩國維持一百多年的和平；如果不是有這和約，北宋說不定早就亡國了。

# 開封有個包青天

北宋時，有個清廉的好官，老百姓們崇拜他，稱他為「包青天」。後人還因此杜撰一本小說《包公案》，替他加了幾個助手，例如張龍、趙虎、王朝、馬漢和公孫先生。小說裡的包青天神通廣大，皇上賜他龍頭鍘，可以鍘掉皇親國戚；甚至說他日斷陽、夜斷陰，意思是白天為百姓主持正義，晚上連陰間他都能來去自如呢。

真實的包青天，為官三十多年，被他檢舉彈劾的國家大臣，算算至少三十人。為了一個案件，他可以連上好多道奏章，據理力爭，不畏權勢，非打到那些高官下臺不可。

這位開封府裡的包青天，名叫包拯，字希仁。他是天聖年間的進士；本來可以直接任官，但因為父母年紀大了，他先放棄當官的機會，回鄉奉養父母，數年後才回來任官。

包拯曾經擔任一年多的開封府尹，類似現在的首都市長。治理開封府是一件難事；京城裡的達官貴人多，他們魚肉百姓，百姓們卻有苦無處訴。包拯擔任開封府尹時規定，凡是來告狀的人都可以直接見他，當面陳情，不准任何人刁難，誰來說情都沒用。在這一年多任期內，他把最難治理的開封府，治理得井井有條。

包拯雖然官位很高，但吃飯穿衣和日常生活都跟平民時一樣。他曾說：「後世子孫做官，有犯貪汙之罪的，不得踏進家門，死後不得葬入族墓。不遵從我的志向，就不是我的子孫。」

這樣清廉的好官，難怪大家都要叫他包青天了。

# 6 有機會，做好官

「開封府包青天！」潘玉珊拉著他大叫：「我知道，你在開封府裡判案。」

畢伯斯讀過《包公案》，他說：「你有公孫先生和南俠展昭幫你辦案，你還斬過駙馬陳世美，對不對？」

「辦案？我是個諫官，工作是辦案和彈劾官員沒錯，但是我可沒有什麼公孫、什麼展昭在身邊。」包拯有點兒困惑。

一旁的人們說：「包大人，不管您在哪個職位，我們都相信您，您一定是個青天大老爺。」

畢伯斯和潘玉珊開心的說：「那就是名副其實的『包青天』啦。」

包拯被他們說得臉都紅了，幸好他臉黑，看不太出來。他只好假裝欣賞那個梅瓶，忍不住讚了一句：「好俊的瓶子。」

阿呱比手畫腳的解釋，這是定窯的瓶，瓶上題的字是范大人的詞。

包拯輕輕吟唱了幾句：「明月樓高休獨倚，酒入愁腸，化作相思淚。我知道這首詞，范大人一寫好，就轟動京城了。」

「好文章，對不對？」阿呱問。

「所以我隨身帶著，有空就拿出來讀一讀，吟唱一下。」

「原來這首詞可以唱？」潘玉珊很好奇。

「按曲填詞，詞本來就能唱。」包大人說。

阿呱伸出修長的手指頭搖一搖。「包大人，我佩服您當官的判斷力；但是，隨身帶著范大人的詞？我可不信。」

「為什麼不帶呢？好詩好詞，人人都能隨身帶著讀。不信，你問問大家。」

他滿懷希望的看看大家，茶樓裡的人卻同時搖頭：「我們沒有。」

一個年輕人還說：「我不識字。」

一個老爺爺說：「我沒有上過學。」

阿呱笑嘻嘻。「看吧，誰沒事整日帶著他的詞？」

「我就有。」包拯堅持，「隨身攜帶，取閱方便。」

畢伯斯一路聽到大家都在稱讚范大人，詳細情形卻不是很明瞭，他舉手發問：「這個范大人到底哪裡好？」

剛才的年輕人說：「咱們京城的百姓都知道，小范老子的胸中有數萬甲兵，能把西夏軍趕跑。」

「小范老子？」潘玉珊不明白。

「就是范大人。」大家說。

老爺爺說：「只要有小范老子在，西夏軍不敢進犯大宋。」

茶樓裡的人放聲齊唱：「沒錯沒錯。軍中有一韓，西賊聞之心膽寒；軍中有一范，西賊聞之驚破膽。」

包拯點點頭。「韓是韓琦大人，范是范仲淹大人。范大人雖是文官，卻深諳帶兵打仗之要。他保守邊疆時，西夏人就不敢踏進我們國境一步。大宋只要再多幾個范大人，連遼國也不敢小看我們了。」

另一個老爺爺也說：「范大人推新政，推改革，為的就是富國強兵。雖然皇上一時不明白，暫時撤了他的官，但是我們都相信他是實實在在的為國為民。」

阿呱拱拱手說：「沒錯。范大人的名聲響亮，連定窯的易定師傅都知道他，特別託我們送這個瓶子給他，希望他莫喪了志氣。」

撲通一聲，有人跪在地上。

是那個獨臂人。

「各位，我該死，有眼無珠，竟敢偷范大人的瓶子。你們把我送去官府吧！」

包拯扶起他。「送官府倒不必，只是你從今以後，要做個好人。別說當小賊，往後連個謊都不能說。」

「知道、知道，我再也不敢了。」獨臂人低著頭，滿臉慚愧的下樓去。

阿呱問包拯：「您身上有范大人的詞，能不能借我抄進書裡呢？」

「金銀財寶我沒有，范大人的詞恰好有幾首。」包拯從懷裡掏出幾張薄薄的紙，上頭寫了許多字。

潘玉珊湊過去看，果然是宋詞——第一首開頭寫著三個字：蘇幕遮。

包拯隨口吟唱了起來：「碧雲天，黃葉地。秋色連波，波上寒煙翠。大家都說范大人一身正氣，充滿在天地間；沒想到他抒情起來，能把詞寫得如此絕妙，實在佩服。」

「好熟悉的詞啊……」畢伯斯說。

潘玉珊伸指在他額頭上一點：「什麼熟悉，這首詞就刻在梅瓶上，你背了那麼久，還不熟？」她回頭跟包拯說：「包大人，不用羨慕啦，你以後會當上開封府尹，成為有名的包青天，也讓我們很佩服。」

「電視劇裡有演，以後還會有王朝和馬漢陪你。」畢伯斯記得。

「電視劇？」包拯聽得一頭霧水，搔搔頭，不知道他們兩個在打什麼啞謎。

阿呱立刻從袋子裡掏出紙筆，「包大人，范大人的詞借我抄！」

那個不識字的年輕人說：「阿呱，也抄一份給我們吧。」

阿呱笑他：「你又不識字，拿這些詞做什麼？」

「不識字，咱們也可以長知識啊。我請人讀給我聽。」

其他人說：「范大人的詞，可以做傳家寶的。」

更多的人喊：「好詩詞，值得人人收藏。」

阿呱數了數，竟然有二十六個人想要這些詞。他拍拍胸膛說：「好東西要跟眾好友分享。我們雖是萍水相逢，卻因范大人的詞結緣。這樣吧，我手邊還有十來首范大人的詞，我就一併抄給大家。」

「太好了。」

「謝謝你呀，小兄弟。」

阿呱向大家拱拱手說：「我現在開始抄，一個時辰可以抄一份，兩天多就能抄完。」

包拯很有義氣的說：「我陪你一起熬夜抄，抄完咱們再來喝茶。」

潘玉珊在旁邊聽了直搖頭。「包大人，你未來可是開封府的包青天，要為民伸冤，你哪有時間抄書？把它送去印刷廠印，刷刷刷刷，一天可以印個幾千份。」

「一天印幾千份？」茶樓裡的人大叫，「那太好了，我們每個人都來一份吧。」

「不，我要十份，一份自己留，九份送鄰里親友。」

「別吵！」有人大喝一聲，是店小二。

店小二說：「既然你們都想要，那我也要，我要一萬份。」

「一萬份？」阿呱伸手摸摸他的額頭，「那是詩詞，不是銀兩。」

「我知道，」店小二很有志氣，「我自己留一份，剩下全都拿去賣。一份賣一兩就是九千九百九十九兩。哈哈，我的財富誰能比得過？」

阿呱拍拍額頭說：「這是什麼社會呀？」

眾人一陣哄堂大笑：「黑暗的社會呀。」

但是，在眾人狂

笑中，有個人沒笑。

那是潘玉珊，她突然

覺得這幾句臺詞好

熟，機車老師就常常

這麼說呀……

為什麼我覺得阿呱跟機車老師有點像？難道是我的錯覺？

# 范仲淹改革：慶歷新政

北宋是個重文輕武的朝代。文人的待遇高，還有恩蔭制度可以讓子孫進入官場；而國家每年還在錄取更多的官員，結果就是冗員太多，國家財政負擔重。另一方面，因為讀書出路好，年輕人都想去讀書；打仗的能手少，西北邊境遼國和西夏連年入侵，國家為了維持和平，每年還要給他們許多的銀兩和貨物。

這情形到了宋仁宗時期，國家經濟衰敗，貪官汙吏橫行，百姓苦不堪言。宋仁宗也想改革，當時范仲淹在的民間聲望很高，他在對西夏的戰爭剛立了功，仁宗就把改革的重責大任交給范仲淹。因為這是慶歷年間的事，所以又名「慶歷新政」。

范仲淹也很想做一番事業，他和幾個同事商量，針對國家的病症，寫出《答手詔條陳十事》等十項改革的目標，主要是在裁減多餘的官員、減少不必要的開銷、增加農業生產、訓練對外作戰的士兵等等。

慶歷新政一開始推行得風風火火，不必要的官員就請他們回家；不該給的銀兩就不發。老百姓都額手稱慶，認為國家要富強了。

但是，被改革的人（那些被辭退的官員）心生不滿，有一大批官員寫報告，用各式各樣的理由去反對這個慶歷新政：他們寫了很多的信給皇上，陷害范仲淹，說他拉幫結派，自己搞小圈圈。

投訴的人很多，反對改革的力量很大，這個本來立意良善的好政策，最後卻得不到皇上的支持；慶歷新政實施一年多就匆匆退場，而主持這場改革的范仲淹和韓琦也因此被貶到地方當官。

# 7 李黑，字不黑

「找家印書鋪子吧，要印多少有多少。」阿呱提議。

「印書鋪子在書市一條街。」

包拯對汴京很熟。他帶著他們三個人走過大街，穿過小巷，幾家小鋪飄著香氣，是賣酒食的；路過一個市集，裡頭有賣菜的、賣雜貨的、賣胭脂水粉的，貨品擺得琳琅滿目。

潘玉珊是個好奇的孩子，她和阿呱邊走邊看，邊看邊問，要不是畢伯斯時時注意他們，這兩人包準會在宋朝的巷弄裡迷了路。

然而，鑽過幾片剛染好的棉布，再走過一條小巷，遠遠的，傳來一股熟悉的味道。

那是紙張的氣味——新鮮的紙漿混合著上好紙特有的香味。

還有一種很濃很特殊的味道……

「是墨。」阿呱聞了聞說：「頂級的松煙墨，現今也有人用石油墨。用棕刷沾點松煙墨刷在刻好的木板上，往紙上一印就是一頁很香的書。」

畢伯斯忍不住深吸了一口氣。「真讚，這裡就是書市一條街？」

包拯笑著點點頭。畢伯斯歡呼著跑到最前頭。

在他們面前，陽光恰好斜灑在黑色的屋瓦上，那是一間一間的書鋪子。說是鋪子，其實更像一家家的小工廠，屋裡屋外全是工匠。刻書的，把木板刻得嘎嘎響；印書的，拿著棕刷在紙上來回刷刷刷。還有搬書的、抄寫的、買書的……人來人往，好不熱鬧。

阿呱拿著范大人的詞，這裡看看那裡看看，遇到不懂的就蹲下來跟人聊天詢問。潘玉珊平時問題就多，這會兒有這麼多熱鬧可以看，她也很開心，陪在阿呱旁邊跟著發問：「這什麼墨？」

「松煙墨。」大娘頭也不抬。

「什麼板子呢？」

「棗木。再有錢一點呢，用花梨木也行。」大娘刷完了一張紙，拉起來，再放一張紙下去。

「一天工資多少呢？」

大娘終於抬起頭。「小姑娘想搶我飯碗？去去去，去別的地方玩。」

畢伯斯好愛這種字體；宋朝印書的字跟電腦裡的字不一樣，每一筆每一畫都很端正大氣。他著迷似的蹲在一個中年大漢身邊，看他拿著小鑿子在木板上刻出一個又一個的字。

木頭很香，刻書的聲音很好聽。要不是潘玉珊拉著他，他蹲一天都沒問題。

包拯一定常來這裡。他熟門熟路的進了一家書鋪。

鋪子的門小，但裡頭有好幾層的院落，一層連著一層，層層疊疊的屋宇，望不見底似的。潘玉珊抬頭看著高高的布招，四個大字隨風飄蕩：「畢記印書」。

在門口接待的是個姑娘。「唉呀，尊貴公正又嫉惡如仇的包大人，好久不見，來印書啊？」

「畢蘭姑娘，去掉那些什麼『尊貴』吧，」包拯笑著說，「我今天要來印幾首詞。」

「好啊，往後我就稱您包大人，您也叫我畢蘭，咱們就別客套了。」畢姑娘做生意做習慣了，一講起話來就說個沒完，「畢記印書的刻工好，我爹雕出來的字體，他說自己是第二，汴京城裡沒人敢誇第一。」

包拯點點頭同意的說：「沒錯，就因為畢老闆的字好，我才來找他。這回一定要請你爹親自出馬，不能讓底下的小學徒練刀，上回呀……」

畢蘭急忙解釋：「上回耽誤了您，出了點小差錯，這回我打包票，我爹親自寫，親自刻，刻完用純手工宣紙替您刷，再由京城第一快手師傅為您鑽孔拉線做裝訂，外頭上五層的好漿糊，兩層的杭州絲綢，雨過天青藍的布，最後由我爹題字做封面。包大人，您意下如何？」

「那就交給畢氏處理，我要印一萬零二十六份，什麼時候能交書呢？畢蘭姑娘。」

「畢蘭。」她糾正包拯。

「對對對，畢蘭。」包拯急忙改口。

畢蘭看看文章數一數。「雕這板子兩個月，印書一個月，外加裝訂一個月。現在是三月，您七月來取剛好。」

「印十幾首詞要四個月？」

潘玉珊吐了吐舌頭。

包拯卻像是習慣了似的點點頭，「行行行，我只要二十六份。剩下一萬份麻煩你請夥計送到雲起茶樓給店小二，他要拿去賣的。」

他們這邊還在算帳，外頭卻傳來一陣喧嘩的聲音。

潘玉珊愛湊熱鬧，她搶在畢蘭之前跑到外頭。一看，是個胖書生帶著八個書僮，正圍著畢記印書的老闆說話。

他們說得又急又快，原來是在討論印書的事情。

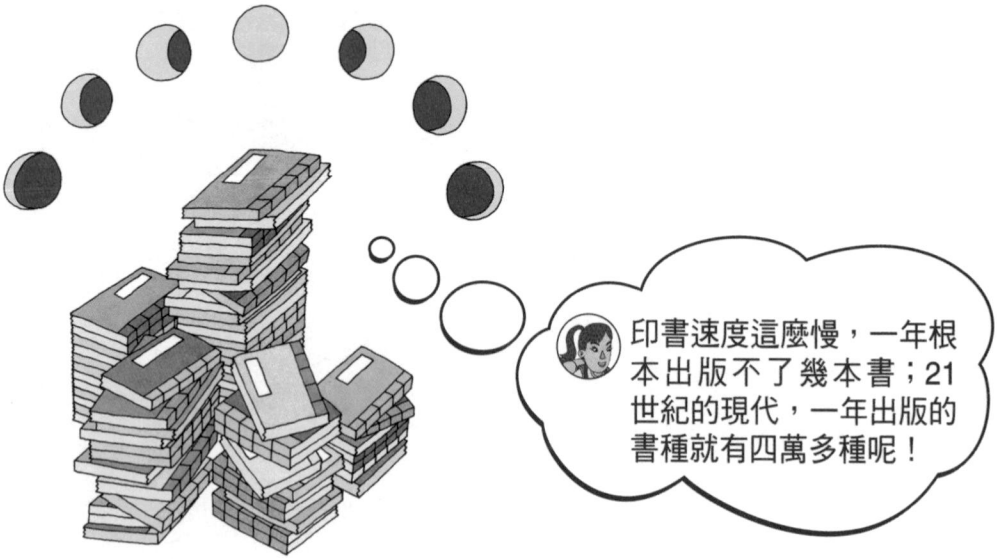

那書生把摺扇一拍，豪氣的說：「就這麼說定啦——四百首詩詞，印成上下兩本書，外頭再加一個錦繡盒子，這才有分量。」

潘玉珊問他：「你寫了四百首詩詞？」

胖書生搖搖扇子沒回答，八個書僮自動接話：「我們公子的大名，汴京城裡，人人皆知。」

潘玉珊忍不住學起書僮的口氣，問：「人人皆知，姑娘我就不知道。敢問你們公子尊姓大名？」

胖書生搖頭晃腦走兩步說：「唐代有李白……」

八個書僮背著手跟著走兩步，「宋朝有李黑。」

書生退兩步，「李白字太白……」

書僮跟著退兩步，「李黑字不黑……」

潘玉珊笑著問：「所以，你叫李黑？」

胖胖的李黑斜瞄她一眼，扇子「刷」的一聲合起來。「李黑，字不黑，號斑馬居士，汴京城大名鼎鼎，人人皆知。小姑娘，我今天心情好，免費替你在背上簽名。」

他一說，八個書僮立刻動起來：舉硯臺，拿清水，一個磨墨，一個選筆，鋪紙的，扛桌子的，拿筆架的；剩下一個沒事做，只好東張西望。

畢伯斯問那個沒事做的書僮：「你好輕鬆啊，什麼事都不用做嗎？」

那人的嘴巴大，聲音也大，「小兄弟，你說這什麼話呢？八個人裡頭最忙最累的活兒，都是我做的。」

潘玉珊打量了他一下問：「你做了什麼？」

「公子寫字我喝采，公子寫完我吹乾。一個人做兩個人的工作，卻只領一份錢，今天……」他說到這兒，一臉愁苦。

「今天怎麼啦？」

那人看看畢伯斯，又瞅瞅潘玉珊，「今天還要回答你的問題，白白加了半天班，還不知道會不會補貼我工資？」

李黑聽了，伸腿一踢。「嫌累別幹，外頭等著幫我李黑喝采的，排成人龍呢。」

潘玉珊一個箭步跑過去。「李大才子，能唸幾首您的詩詞給我們聽聽嗎？」

李黑彷彿正盼著她這麼問，他笑得直點頭，大嘴書僮立刻從書袋裡抽出一張紙。李黑接過，洋洋得意的唸：

「屋前明月，一片光亮，懷疑誰吃了廚房的白糖。舉頭見到

車輪般的月，低下頭去，想念家鄉的豆乾香腸。」

「好啊，好啊，太好啦。」八個書僮同聲叫讚，大嘴書僮叫得最大聲。

「不好。」潘玉珊很氣憤。「明明是李白的詩，你卻把它拿來亂改。」

李黑肥大的臉搖得像個波浪鼓，「豈有此理，豈有此理，你說李白也寫了這首詩？」

「床前明月光，疑是地上霜，舉頭望明月，低頭思故鄉。每個人都知道，這是李白的《靜夜思》。」

李黑一張臉都變紅了。「胡說八道，我這是宋詞，不是唐朝的詩。諸位評評理，明明是咱們大宋朝的詞……」

阿呱接過那幾張紙，邊看邊搖頭。

「春花秋月何時了，夏天的知了不知有多少——這是你寫的？」

李黑點點頭。

「相見時難別亦難，東邊風吹不了百花全都殘——你把李商隱的詩改成詞？」

「那是我的創意，知道嗎？等我印好了，就是我的了。」

「什麼叫做『你的』？」潘玉珊很生氣。

「等我印好了，封面寫著『李黑』，每一首詞底下也都印著『作者李黑』。呵呵呵呵，宋朝第一大詞人便是我。」

「你這是盜版，侵犯了作者的權利。」潘玉珊更氣了。

一旁的畢老闆問：「李黑公子啊，那您的書名叫做什麼呢？」

李黑「刷」的一聲把扇子打開說：「『汴京才子李黑全集』，夠響亮吧？」

旁邊的包拯拉著他，「太好了、太好了，拿著你的文章，跟我上開封府去吧。」

李黑好得意的問：「你是要請開封府尹欣賞我的作品嗎？」

包拯笑著說：「當然呀，你這文章全是抄來的。底下還落了款，每一首詩詞下面都寫著你的大名，開封府尹一定會把你請進大堂。」他臉色一正，「人贓俱獲，你這賊想賴也賴不掉。」

「我們少爺什麼時候變成賊啦？」八個書僮緊張的問，「他偷了什麼東西？」

包拯把李黑的作品一張一張翻開，「李白、李商隱和李煜……他一共偷了四百首詩詞，白紙黑字，你們全是共犯，跟我走吧。」

# 宋詞

宋朝代表性的文學是宋詞。宋詞接在唐詩之後出現，於是也有人把它叫做詩餘；又因為它的句子有長有短，所以也被稱做長短句。

宋詞比較接近我們現在唱的流行歌曲，文學家們聽到了一首好聽的旋律（詞牌），就按著音樂節拍填入歌詞（填詞），然後交給人們去唱，這就形成了一首首宋詞。

因為是跟著音樂旋律去填字詞，所以難度就高了。有的旋律豪放壯闊，文人自然就會填寫較為渾雄壯盛的詞句；有的旋律溫柔婉約，填的詞當然就充滿了柔情與委婉。

宋詞的流派，也因此分成豪放與婉約兩大派：

豪放派以蘇軾、辛棄疾為代表，例如辛棄疾的這首《永遇樂》：「千古江山，英雄無覓、孫仲謀處。舞榭歌臺，風流總被、雨打風吹去。斜陽草樹，尋常巷陌，人道寄奴曾住。想當年，金戈鐵馬，氣吞萬里如虎……。」讀起來有沒有覺得人也跟著激昂起來？

婉約派則以周邦彥、李清照為代表，例如李清照的這首《聲聲慢》：「尋尋覓覓，冷冷清清，悽悽慘慘戚戚。乍暖還寒時候，最難將息……。」讀時感覺如何？有沒有讀出李清照淒苦愁緒的感傷？

# 8 麻雀搬家

說熱鬧還真熱鬧，書市一條街的人統統出來看熱鬧。

書鋪夥計不印書，刻版師傅不雕版，書店老闆把上門的生意丟著，大家都拉長了脖子，看包拯拉李黑，李黑後頭還跟了八個書僮——這聲勢簡直像遊行。

胖胖的李黑滿臉不在乎，邊走邊嚷：「怕啥？莫怕，咱爹錢多權力大，進了開封府，人人都怕咱們李家。」

八個書僮站兩旁，氣勢洶洶，李黑講一句，他們喊一句：

「怕啥？莫怕！」

「咱爹錢多權力大。」

說得那麼自然，彷彿李黑的爹這一會兒功夫就多了八個兒子。

圍觀的人有的拍手，都說包大人替天行道了不起。

更多的人嘆氣，覺得李黑的父親是京城的大官，誰能鬥得倒呢？

一個見多識廣的秀才說：「你們真外行，包大人頭腦聰明，他敢管的事，絕對管得清清楚楚、明明白白。就怕這個李黑，胖胖的進去，脫層皮出來。」

「脫層皮？」潘玉珊問。

秀才笑著說：「上回駙馬爺蓋新房……」

潘玉珊問：「誰是駙馬爺？」

「就是公主的新郎。」那人說。

「我懂了，那是皇上的女婿。」

「我講故事，你不要插嘴，這樣我會講不下去。對了，我剛才說到哪兒了？」

原來秀才的記性不好。「你說到公主的新郎、皇上的女婿蓋新房。」潘玉珊笑嘻嘻的提醒他。

「對對對，屋子蓋沒幾天，駙馬爺覺得地太小，就想把隔壁王喜的屋子買下來。」

「賣呀，」潘玉珊說，「駙馬爺官大錢多，賣他穩賺錢。」

「那是王喜祖傳的老家，再多錢也不能賣。」

「那就勸駙馬爺別占那麼大的地嘛！」潘玉珊說。

「駙馬爺想的更簡單，他可是皇上的女婿。他直接寫張條子給王喜，說王喜家的麻雀很吵，吵得他睡不著覺。限王喜十天之內把麻雀抓光光，不能讓麻雀再吵他。否則，他就為民除害，派人拆了那屋子，往後不怕麻雀吵。」

「麻雀吵不吵，關王喜什麼事？無理。」潘玉珊不服氣。

秀才搖搖頭。「再無理也無人敢管哪。那幾天王喜都愁眉苦臉的，直到包大人替他寫了一張字條給駙馬爺，問題就解決了。」

這下子，眾人都好奇的問：

「字條上寫什麼？」

秀才洋洋得意的看看大家，這才慢條斯理的唸：「麻雀天性愛自由，想飛哪裡飛哪裡，根本不是我的錯。駙馬若覺雀兒吵，請把牠們押過來，在下一定嚴加管教，命令牠們莫亂叫。」

潘玉珊笑了，「麻雀飛來飛去，誰抓得到？」

秀才也笑了，「所以，駙馬爺知道王喜背後有高人指點，對王喜變得客客氣氣，修改了新房的設計圖，再也不敢提要拆人家屋子的事。」

書市裡的人望著李黑胖大的身影搖頭說：「這個呆瓜，看來慘了。」

「奇怪了，你怎麼知道得這麼清楚呢？連字條上的字都知道？」潘玉珊很好奇。

秀才拱拱手說：「行不改名，坐不改姓，我就是王喜。包大人幫了我們王家的大忙，我可不能知恩不報。」

# 9 名揚書市一條街

畢伯斯沒到街上看熱鬧，他被一塊雕版吸引住了。

雕版擺在工作桌上，畢蘭介紹過，那是她爹——畢老闆刻的。

版子跟墊板一樣大，是某本書裡的某一頁。

大部分的字都刻好了，只差左下角三個字用毛筆打了草稿，還沒刻出來。

觀自在菩薩。行深般若波羅蜜多時。照見五蘊皆空。

度一切苦厄。舍利子。色不異空。空不異色。

是《心經》！

畢伯斯的阿媽常在佛堂唸《心經》，他從小聽到大，都會背了。

雕版上刻好的字，橫筆細一點，直筆粗一點，跟電腦裡的宋體字一樣。

字與字之間，排列得整整齊齊；雖然是人工刻出來的，每個字卻都刻得一樣大小。

「我們老師寫的板書，都沒有這麼好看。」畢伯斯想。他把雕版拿起來聞，木雕版子有股香氣，是上好的棗木，剛才畢蘭也說過了。

他摸摸雕版，又把它放回去，忍不住拿起桌邊的雕刻刀，自己在每個字間比畫著。

他邊唸邊比畫，想像畢老闆的刀怎麼切怎麼削。

「如果我這刀……」雕刻刀斜斜的比畫著。

「你在做什麼？」

不知道是誰在他後頭喊了一聲，嚇得畢伯斯手抖了一下，那把雕刻刀從手中落了下去。

刷！刀鋒把雕版上最後一行「菩提薩婆訶」最後一個字的「言」字邊削掉，成了「可」。

咚，雕刻刀落到了地上，刀邊斷了一個角。

「你……」

那是畢老闆。畢老闆拿起雕版，氣得大吼：「我刻了一個月啊！」

聽到吼聲，外頭看熱鬧的人全回來了。

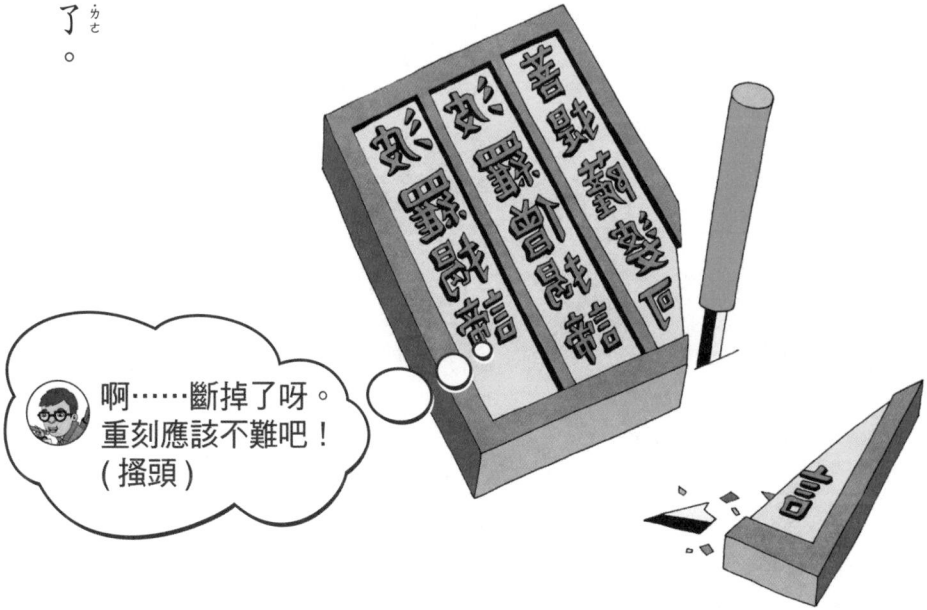

這會兒，畢記印書更熱鬧了。

潘玉珊看了一眼說：「沒關係，只壞掉一個字……」

畢蘭搖搖頭，「壞了一個字，整頁都得重刻。」

「重刻？每一個字？」

畢蘭解釋：「當然，這是要拿來印書的。一塊木板上能刻兩百個字，錯了一個字，噢，不，是連一筆一畫都不能出錯。即使只有錯一點點，一切都要重來。」

「那太麻煩了吧。」潘玉珊說，「你們可以一個字一個字刻呀，刻好的字綁在一起印。就算刻壞了，也只錯了一個字。」

「一個字一個字刻？」畢老闆氣呼呼的拿起雕刻刀，削了一小塊長方形的木頭說：「在這麼小的木頭上刻字？怎麼刻？」

那塊木頭，比印章還要小，想在上面刻一個字，真的很難。

畢伯斯問：「如果刻在其他東西上呢，例如……」

他東看西看，突然瞄到背筐裡的瓶子。梅瓶是瓷土做成的，燒成瓷器後形狀就固定了。畢伯斯急忙提議：「如果在泥塊上刻字呢，行不行？」

畢老闆更氣了，「泥塊一壓就碎，怎麼刻字？如何印書？你賠我的雕版來。」

畢伯斯說：「可能、可能，用泥土印書，真的有可能。」

「痴人說夢，」所有的人都望著他，「不可能，泥土怎麼印書？」

畢伯斯拿出梅瓶解釋：「泥土不能印書，但如果把它們燒一燒呢？燒硬了，變成陶器或瓷器呢？」

阿呱的反應最快，「唉呀，大發現，大進展，等我一下，我先磨墨。」

「為什麼要磨墨？」大家問。

阿呱揚揚手裡的本子說：「等我把這件事抄起來，將來有一天，人們會記住這一天，我們現在有一個新發現，就是把字一個一個刻完，綁起來，就可以拿去印書。」

「沒錯，一個字一個字分別刻，字燒硬了就能重複使用。對了，我要準備一個跟書頁一樣寬的鐵盤子，把每一行字擺上去，然後……」畢老闆的腦筋動得更快。

他一邊想，一邊說，想到得意的地方就手舞足蹈；想不出來時，竟然拉著鬍子扯著頭髮，最後還突然抬起頭，瞪著畢伯斯。

畢伯斯平時膽子就小，他嚇得退後一步。「我……我……」

畢老闆大步走過來，拉起他的手說：「小兄弟，我畢昇向你鞠個躬，剛才我太凶了，你沒嚇著吧？謝謝你掉了那把雕刻刀，壞了我的一個字，卻讓我想出一個名揚書市一條街的方法。」

# 畢昇的活字印刷術

畢昇是北宋人，在他發明活字版印刷術之前，北宋流行的是雕版印刷。這是一種很費力的方法：先在一塊木板上，一個字一個字的刻出要印刷的內容。刻好後，塗上墨，再一張一張的印刷。印完了，這個板子也就沒有用了。如果是一部長篇鉅著，光是刻版就不知要耗掉多少精力。如果刻版中出現錯誤，那就前功盡棄，須再從頭做起。

畢昇總結前人的經驗，經過反覆的實踐，終於發明了活字版印刷術。他先找來細質的膠泥（就是黏土），做成一個個小方塊，在上面刻出反字後，再用火燒一下，讓字變得堅固。印刷前先按著文章內容揀字，並按順序排好，再用一塊平整的板子將字面壓平，這樣就可以印刷了。

印刷結束後把活字取下來，待下一次再用。有了活字版印刷，人們就不必費勁去雕版了。

這項發明最後傳入歐洲各國，影響了全世界。歷史學家拉施德在其於一三一〇年寫的《世界史》中，曾詳盡記述了中國的印刷術。一四五〇年，德國人史騰堡以鉛、銻、錫合金製造活字用來印刷，但已經比畢昇的發明整整晚了四百多年。

活字版印刷是中國的四大發明之一。它的出現，讓讀書再也不是一件困難的事，加速了文化的交流。

沈括在《夢溪筆談》裡說：「畢昇死後，他的活字傳到我的子侄們手裡，至今還被我們保存著。」由此可知，沈括一定見過畢昇製造的泥活字，所以才在自己的著作中有這麼真實的記載。

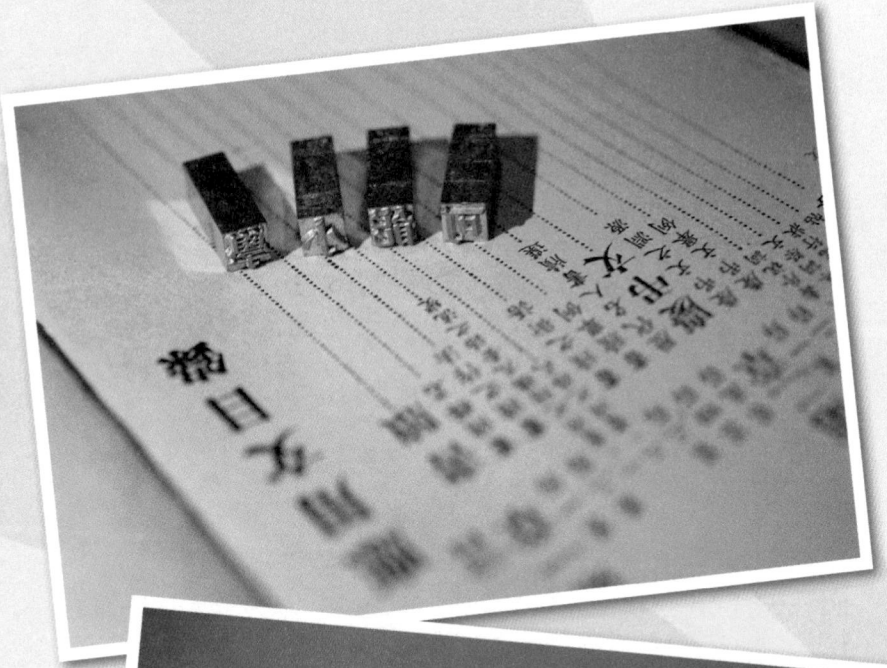

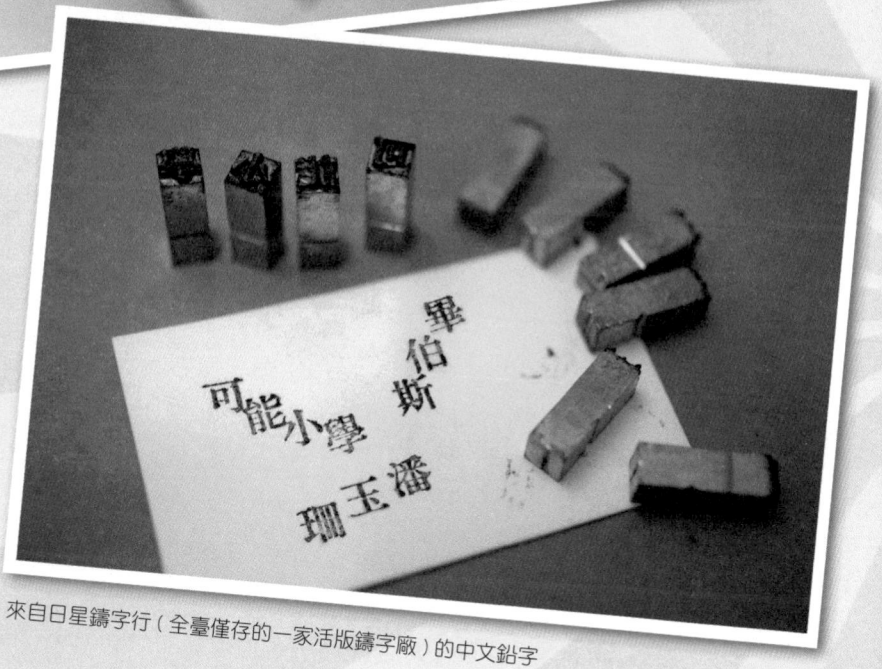


來自日星鑄字行（全臺僅存的一家活版鑄字廠）的中文鉛字

# 10 你以後是包青天

畢昇在院子裡轉圈圈，邊轉邊想，邊想邊叫：「常用的不過四千字，把它們分給十個刻字師傅，一個人只要……」

他性子急，算術又不好，想了半天，想不出結果。

「一個人刻四百個字。」潘玉珊很熱心。

「你別吵，我自己會算。四千個字分給十個人，一個人刻……刻……」他扯著鬍子想啊想，想不出來很生氣，扯下一大把鬍子後，終於讓他算出來了。「四百個字。」

潘玉珊有點兒生氣的說：「早跟你說了，一個人四百個字。」

「一個人刻四百個字，頂多十天，那十個人就是……」畢昇搖頭晃腦。

「還是十天。」潘玉珊想幫他的忙。

「瞎說，」畢昇數學不好，卻聽不進別人的意見。「十天怎麼可能刻得完，一個人都要十天了。」

「當然可能，你讓他們十個人同時動工，十天就刻好了呀。」

「這……這……」畢昇扯扯鬍子，拍手大叫，他終於想通了。「對對對，真的只要十天。十天後，四千個字刻好燒硬了，往後不管什麼文章，我們只要把這些字排在盤子裡，要印什麼有什麼，到時候……」

「怎麼樣？」大家問。

他得意的說：「書市一條街，誰能比我強？」

阿呱拍拍手。畢昇說話的時候，他也拚命作筆記。他寫好後站起來。

「畢老闆，我跟你說，如果有一天，我這本書寫完了，你一定要用這法子幫我印書。」

畢昇拍拍他的肩膀：「那還用說嗎？有了這方法印書，誰還要一塊版、一塊版的雕呢。」

「先印范大人的詞吧。」門外有人探頭進來，那人有張黑色的臉，額頭上有個淡黃色的胎記。

潘玉珊把他拉進來，「包大人，你回來了，李黑呢？」

所有的人開始圍著他，你一言我一語，關心起李黑的下落。

畢蘭擔心的問：「李黑的爹是大官，您沒怎麼樣吧？」

包拯笑說：「當然沒事呀。別忘了，潘玉珊姑娘說我以後是青天大老爺呢。我沒事，倒是李黑被他爹狠狠打了屁股。」

畢伯斯問他：「你怎麼說服他爹的？」

「我也沒說什麼，只把他寫的那四百首詩詞交給一個孩子讀，那小孩邊讀邊哭，可憐極了。」

「為什麼哭呢？」

「那孩子說，李白先生好好的詩，誰把它亂改的？李黑的爹不相信，一把搶過去，這一看，氣到臉都歪了。」

「那他爹……」大家急著想知道結果。

「他爹二話不說，先打了他十大板，再把他兒子交到我手上，要我好好教他；在李黑學好之前，別再讓他出來丟人現眼。」

他說到這兒，朝後頭招招手說：「你出來吧！」

門後出來一個圓圓胖胖的人，是李黑。他走路一拐一拐，面朝包拯，恭恭敬敬的喊了聲：「路見不平，拔刀相助的包老師好。」

「還抄不抄別人的文章？」

「包老師說不能抄，那我就不抄了；老師讓我抄，我再抄。」

包拯彈了一下他的額頭說：「什麼老師讓你抄你就抄？我警告你，從今往後，你要再敢抄別人文章，我就請你爹再打幾板子。」

「不能抄，怎麼寫得出文章？」李黑哭喪著臉。

包拯搖搖頭。「唉，教到你，算我倒楣，你跟我回去好好讀書。畢老闆，別忘了幫我印范大人的詞。阿呱，有空再來汴京玩。還有你們……」

他看著畢伯斯的背筐，突然想到，「差點兒忘了一件事——我來的路上，聽說范大人快離開京城了，你們快去找他。」

潘玉珊和畢伯斯同時大叫：「范大人要離開汴京？」

包拯嘆口氣。「范大人這幾年做了幾件大事：為皇上推行新政，裁掉多餘官員，減少貴族的收入，目的就在強兵富國。但是……」

阿呱說：「反對的人太多？」

畢伯斯舉手問：「他惹得皇上不開心？」

李黑得意的說：「這個小范老子，還偷偷拉幫結派。皇上最討厭人家做這檔子事了，他偏偏要做，現在被貶官了也不稀奇。」

包拯把他推開。「你這小子，好人壞人分不清，什麼拉幫結派。范大人身邊沒有幾個得力官員，又怎麼推行新政呢？」

阿呱問：「那麼，現在范大人打算怎麼辦？」

「范大人剛收到文書，要被貶到外地。你們如果想見他，現在趕去城門口一定見得著。」包拯說。

「那我們快走吧，」畢伯斯把背筐拿起來，「趕快把瓶子送給他，完成我們的任務。」

包拯說：「想跟他送別的人太多，城門口說不定都堵住了。我給你們畫張地圖，你們照著圖去找他，很快就能繞到城門口。」

一說到「地圖」，畢伯斯忍不住和潘玉珊互相看了一眼——機車老師叫他們來找地圖，他們還沒完成任務呢。

# 11 小范老子

聽聞范大人要走，書市裡亂成一片。關心范大人的、純粹看熱鬧的、騎馬的、拉駱駝的、趕馬車的……大家全擠上街頭。

阿呱緊抓著畢伯斯，畢伯斯想拉潘玉珊，潘玉珊卻被個老婆婆纏住。

「范大人是個好官員。當年他守衛邊境，西夏兵像潮水一樣的來了，范大人像道堅強的城牆，緊緊守護大宋的國土。」

「你當年……」

「我當年住在邊境放羊。我們家的羊啊，每一隻都好乖，小黃、小楊、小白和小灰，那時……」老婆婆一講起當年，就停不下來。

潘玉珊聽得津津有味，畢伯斯提醒她：「你再不走快一點，就見不到范大人了。」

「婆婆，待會兒再聽你說故事，我們先去找范大人。」

他們照著包拯畫的地圖，拐進一條小巷；潘玉珊勸畢伯斯：「別跑得太急，如果老婆婆跌倒了，怎麼辦？」

她竟然也把老婆婆帶來了。

老婆婆年紀大，腳步卻很快。「當年西夏兵來襲，我逃難時跑得才叫快，『小腳賽金花』的名號不是叫假的。」

「小腳賽金花？」阿呱有興趣了，掏出紙筆就想記。

畢伯斯催他：「阿呱，別急啦，等我們找到了范大人，你想記多少事都行。」

巷子口，萬頭攢動，畢伯斯根本擠不過去。潘玉珊靈活的拉著婆婆，拖著畢伯斯，鑽過兩隻駱駝，擠過一匹黑馬，經過一群嘰哩呱啦的三姑六婆——對了，中途還撞翻一個大鼓。

那是個樂隊。大鼓滾到地上，打鈸的一個不注意，被鼓絆倒了，樂隊亂成一團。潘玉珊趁機找到一個空隙，拉著大家用力擠出人群。

她抬起頭，正對著一頭小毛驢。小毛驢伸出舌頭舔舔她。

「噁心！」潘玉珊好生氣，「笨驢子。」

驢子上有個乾乾瘦瘦、眼神和藹的老伯。「沒錯，笨驢載笨人。」

潘玉珊說：「我沒說你笨。」

「當笨人不錯，不用管太多事。」

畢伯斯發現老伯說話時，吵雜的城門口，漸漸安靜了。

潘玉珊性子急，她要老伯讓讓，「你別擋著光，我們找人呢。」

「找誰呀？」

「范大人呀，那個『軍中有一范，西賊聞之驚破膽』的范大人。」

她一講，前後的人同時跟著喊：「軍中有一范，西賊聞之驚破膽。」

「原來大家都會唸。」潘玉珊很得意。同時她的袖子被人拉了拉——

是老婆婆。

老婆婆說：「小姑娘，范大人。」

「我知道呀，這句話說的就是范仲淹范大人。」

「不是啦，我是說他。」老婆婆指著那個老伯。

「他？」

「他就是范大人。」

「什麼？」

眼前騎著笨驢，乾乾瘦瘦的老伯伯是范大人？

有些人沒見過范仲淹，忍不住高聲問：「范大人，范大人在哪兒？」

范仲淹下驢，找了個箱子站上去對大家說：「我就是范仲淹。」

有個老漢問：「小范老子？」

另個年輕人說：「聽人說，小范老子身高十尺，不是個老頭。」

一個士兵接話：「他只要眼睛一瞪，就能把西夏兵燒個精光。」

大家喊：「你不是小范老子！」

范仲淹在箱子上大笑：「我還聽說小范老子放個屁，就能把西夏兵炸光光呢。這種傳言你們也相信……」

這話把大家都逗笑了，城門口一片笑聲。

畢伯斯拿出瓷瓶。

阿呱解釋說：「定窯的易師傅託我們把這瓶子送給您。」

范大人看著自己寫的詞，摸了摸那幾個凹下去的字，久久都沒說話。有些人為他打抱不平：「您想讓咱們大宋好，卻被貶到了地方上。」

「老天爺您開開眼哪。」

「那些說您壞話的小人……」

范大人卻笑了笑說：「不不不，在哪兒當官都一樣。在京城做官，幫皇上分憂解勞；到地方上做官，真心誠意為百姓造福。」

潘玉珊說：「那不就是個傻瓜嗎？皇上都不相信你了。」

「可是，我相信我自己呀。我相信我做的事是為百姓好；等到有一天，大家都快樂了，那不是很好嗎？」

潘玉珊走到他面前，很認真的問：「到那時，你要做什麼？」

「什麼？」

「你老是憂國憂民——好吧，如果有一天，就是大家都幸福平安快樂美滿的那天，你想要做什麼？」

「做什麼……」范大人想了想，他從懷裡掏出一張地圖，用雙手展開——那是大宋和它邊疆國家的地圖，上頭用紅筆黑筆寫了密密麻麻的記號。「年輕的時候，我讀書考功名；中年的時候，我帶兵打仗，保護國家。這些年來，我有個願望，那就是我想去的地方，先用筆做上記號；等有朝一日天下太平了，我一定要四處走走看看。」

「出門旅行，好願望。」畢伯斯說。

范大人搖搖頭說：「我一直以為這就是我最快樂的事。」

阿呱問：「那現在……」

「我看到這麼多鄉親對我的期望，我突然發現，看到大家幸福快樂的表情，那才是全天下最快樂的事。」

阿呱說：「別人的快樂，就是你的快樂？」

范大人點點頭。「就算我在地方做個小官，我也很開心，因為我是真心誠意為百姓做事啊。我做的事，是為大家好的。天下還有比這更快樂的事嗎？」

小腳賽金花婆婆說：「傻瓜，別人當官都要撈大錢，蓋大屋，買很多田產。」

「那我就當個不撈錢的傻瓜。」

「天下就你一個這樣的大傻瓜。」小腳賽金花婆婆握著范大人的手說，「但是，因為有你這樣的傻瓜，咱們百姓才有好的生活。」

「傻瓜不必提心吊膽，傻瓜走到哪兒都是咧嘴笑的。」范大人把梅瓶交給小腳賽金花婆婆。「瓶子送您，我該走了。」

「把這麼好的瓶子送人，不覺得可惜嗎？」

「這麼好的瓶子，我怕這頭笨驢把它摔壞了。」

「我替您保管。」小腳賽金花婆婆舉著瓶子，「范大人送的瓶子，千金不換。」

范大人隨手一揚，連那張地圖都不要了，他輕喝一聲，頭也不回的騎著小毛驢走了。

畢伯斯也想跟上去，阿呱卻拉住他說：「你忘了地圖嗎？你們老師不是要你帶地圖回去？」

「你怎麼知道？」畢伯斯問。

潘玉珊來不及多想，她跳起來，推著畢伯斯。「快追地圖。」

地圖被風吹得老遠。這風可真大，地圖先在空中飄飄蕩蕩，最後掉進護城河下的橋洞。

那洞又深又黑。但潘玉珊的動作迅速，她伸手一撈。「我抓到了。」

但是，她俯衝的力量太大，整個人往下掉。幸好，她是攀岩高手，單手抓住橋邊，正想往上爬時，後頭的畢伯斯以為她掉下去了，撲過來想拉她，卻把她往下一擠，結果，兩個人同時掉了下去。

那個橋洞有多深？

橋洞底下應該是水吧？

時間應該只有一下子，卻也好像過了很久很久。

奇怪，等了那麼久，什麼時候才要掉到底呢？

畢伯斯悄悄睜開眼睛，四周一片漆黑安靜。他的腳尖傳來一股極細微的電流，不痛不癢，輕快流過全身每一個毛細孔。

電流一瞬即過，感覺卻像過了一輩子。

畢伯斯忍不住看了看潘玉珊。

潘玉珊也正好奇的望著他，彷彿在那一剎那，他們都變了。

明明沒有。

身上還穿著宋代衣服，人還是原來的樣子。

頭頂有盞燈亮了，屋子裡木架子上放了好多地圖。

潘玉珊望著畢伯斯。「我們好像又回來了。」

他們跑回學校的大操場——不對，是宋朝開封府的廣場。這裡應該有場演唱會，舞臺背景的地圖還是錯的。

臺上靜悄悄——大家在等待什麼呢？

潘玉珊看看手上的地圖，是范大人畫的那張地圖。

「難道在等這張地圖？」

「當然不是。」幾個小女生氣呼呼的說，「機車，機車，我們要機車主唱。」

原來機車老師剛才也沒上場。

「來了、來了。」機車老師蹦蹦跳跳的上了場，燈光重新打開，音樂再度強襲每個人的耳朵；攝影機開拍了，導演的聲音，從擴音喇叭裡傳來：「機車老師，你剛才到底去哪兒啦？」

高高瘦瘦的機車老師，用力撥動吉他，從喇叭裡竄出一串音符。他的嘴角微微牽動了一下，一副似笑非笑的模樣……

「阿呱！」潘玉珊很肯定。

「阿呱是宋朝人哪。」畢伯斯說。

「阿呱，你是阿呱。」潘玉珊大叫。

她的聲音不大，但是穿過眾人拿的LED加油棒，她真的看見機車老師停了那麼一下下。他不撥吉他了，抬起頭往潘玉珊的方向看了一眼。

視線交會時，老師好像還笑了一笑。

「他不是阿呱啦。」畢伯斯在她旁邊說。

潘玉珊卻笑了。「不管是不是他，總之，我們去了一趟宋朝。」

「對對對，是宋朝。我進了汴京城，見到了包青天，還送給范大人一個梅瓶……」畢伯斯喃喃自語著。

舞臺上，機車老師正在說話，那是開封烏龍茶廣告詞的最後一句：

「開封烏龍茶，千年好滋味，宋瓷包裝，穿越情懷，開封烏龍茶，啊——宋啦……」

# 北宋名臣范仲淹

范仲淹是北宋名臣。他從小好讀書，因為父親去世得早，跟著母親改嫁到山東，改姓朱。等他知道自己的身世，毅然離開山東，跑到睢陽應天府書院去讀書。

他這次離去，得不到經濟的資助，每天的食物就是一碗粥。把粥放涼後用刀子劃成四塊，早晚各吃兩塊——他就用這精神讀了五年書。

范仲淹有個同學，覺得他實在太刻苦了，特別帶了美食請他吃。沒想到，范仲淹婉拒同學的好意，他說：「我很感謝你的好意，但是我喝粥喝習慣了，一旦吃到美食，往後喝粥可能就沒有味道了。」

有一次，當時的皇帝宋真宗來到睢陽，大家全跑去看熱鬧，只有范仲淹動也不動。有人問他為什麼不去一睹皇上風采，范仲淹很有志氣的說：「將來晉見也不晚。」

他的志氣，在他二十七歲那年達成：他考上進士，在皇宮見到皇帝，當了官，並光榮迎回母親奉養，恢復原姓，完成他人生第一個願望。

范仲淹當官時，總是不平則鳴；他堅持自己為國為民的主張，還曾經三次被貶官到地方當小官。但他就此灰心喪志了嗎？當然不。

即使只當一名小小的地方官員，他也是努力為百姓謀福利。現在中國泰州有座范公堤，就是他不斷向朝廷陳情，動員全縣百姓才建成的大海堤，讓泰州百姓再也不必受潮水侵襲之苦。

除了是文官，范仲淹也能打仗。他鎮守邊疆時，西夏軍隊無法攻城掠地。為穩定民心，范仲淹編歌謠讓百姓傳唱：「軍中有一韓（韓琦），西賊聞之心膽寒；軍中有一范（范仲淹），西賊聞之驚破膽。」讓邊疆有了一段和平時期。

范仲淹雖然一生為國為民，還是免不了經常遭人排擠；但是在文學、軍事及政治上，都留下璀燦的一頁。

范仲淹畫像

看完了宋朝的故事，大家是否對「包大人」的印象更深刻？他不僅是小說家筆下的人物，電視劇裡的角色，更是宋代百姓們崇敬的對象。

想要更了解包大人，知道他更多的祕密嗎？別敲碗，別心急，我們立刻請這位特別來賓上場，跟大家說清楚，講明白。

：歡迎大家收看「絕對可能會客室」。



：在絕對可能會客室裡，會見你想都想不到的人物。

：（驚訝狀）怎麼可能？

：所以才叫做絕對可能啊。

：那今天的來賓是……



：滿臉漆黑，一彎新月在額頭的包青天包大人。

（背景音樂下）

開封有個包青天，鐵面無私辨忠奸，

江湖好漢來相助，王朝和馬漢站……

：嗨！小包，先跟大家打個招呼吧。

：大家好，我是包拯，包青天是大家給我取的綽號。我時間不多，開封府裡還有幾個案子要判，不能在這裡耽誤太多時間，不然誤了來申冤的百姓們，那就可能會讓無辜的……

：（急切狀）嘿！小包，故事裡你明明有張大黑臉哪，怎麼現在變得這麼白淨，快告訴讀者們，你最近用了哪家的美白保養品嗎？

：這我可要好好澄清一下，其實我的臉跟大家一樣，都是正宗炎黃子孫的臉孔，絕對沒用什麼面膜或是保養品。前面故事是為了符合小說裡的印象，所以他們給我畫上黑墨汁，替我取了個「包黑子」的外號。今天恰好有機會，請各位看清楚一點，下了戲的包拯並不黑，包子是白的，「包黑子」也是白的……

：我上回看書，說小時候你二哥想要害死你，故意把你推到枯井裡，井底兩邊分別刻著月牙和太陽，而你的頭恰好撞在月亮那一邊，所以才有額頭上這個特殊標記。

：（攤手）不不不，我是包家獨生子，那些都是小說家掰出來的。我額頭上是有一個淡淡的胎記，從我出生就有了，你們看見了嗎？

：有有有，我看見了，真的不像月亮。

：比較像包子，難怪大家叫你包黑子。

：對了，小包，你到底是什麼官哪？怎麼又要治理城市又要辦案？

：我是開封府的知府，開封是北宋的首都，所以我就像你們的臺北市市長一樣，平時要治理開封府，有案件也要去斷案。

：那你一共做了幾年的開封知府呢？

：不多，總共才一年多。

：才一年多，你就成了連續劇的主角，還有量身訂做的主題曲？

：只要有心想做事，一年多也可以做很多事的。

：大家說你是包青天，說你有什麼狗頭鍘、龍頭鍘的，只要罪證確鑿，甚至可以當庭鍘掉皇親國戚……

：（連忙搖動雙手）不對不對，這又是小說家的想像力了，我怎麼可以當庭鍘人呢？我們宋朝對官司案件一向謹慎，想要定一個人的罪，至少也要經過幾個不同法官判案。況且我們的仁宗愛民如子，絕對不可能讓我當庭鍘掉人頭。

：但是大家都說你鐵面無私，又說你是文曲星下凡……

：其實我只是規定平時要大開正門，老百姓來告狀時，不許刁難他們。我照著法律判案，不管是天子還是百姓，我都秉公處理。

：原來是這樣，有沒有什麼例子可以跟大家分享的？

：有哇，像那個大官王逵，自己亂立一堆名目，什麼水牛稅、豐收稅、生兒子稅的，為了自己的荷包，任意向老百姓加稅，隨便一加就是好多錢。他用這些百姓們的血汗錢賄賂其他官員，害得百姓們有苦無處訴。

：告他呀。

：哪告得了，有一次聽說他要調到湖南當官……

：大家都拍手歡迎？

：不，他到了湖南，卻看不到半個百姓。

：難道大家放暑假？

：不，大家怕死他了，攜家帶眷跑進山裡躲起來。

：這麼壞的人，沒人管得了他嗎？

：我當時就收到三布袋的檢舉信。

：那你趕快辦他呀。

：（氣呼呼狀）我向皇上告了七次御狀，請皇上罷免他，但是被他收買的人卻幫他講話，皇上信以為真，扳不倒！

：（搖著包拯）那怎麼辦？你是包青天，你快想辦法呀。

：（喘不過氣來）潘玉珊，你先把手放開，我快窒息啦。你放心，我當然饒不了他，我每次見到皇上就為民請命一次，有一次還把唾沫噴到皇上臉上。

：你糗大了。

：我們仁宗皇上脾氣好，笑咪咪的擦掉口水，終於把王逵罷免回家。

：哇，謝謝你。

：你謝我做什麼？

：一來，謝你剛才沒噴我口水；二來，謝謝你替百姓出口怨氣。

：講到皇帝，我們都很好奇。印象中，宋朝好像一直很弱，被金朝、西夏和蒙古壓著打？

：其實我們大宋的武力也沒大家想的那麼弱。當年，我們北宋擁有世界上最強大的步兵軍團，所以才能結束五代十國紛亂的局面。南宋時，我們也有一支當時最厲害的水軍，如果沒有水軍，怎麼能抵擋橫掃天下的蒙古大軍呢？

：可是你們好像一直都無法消滅強敵……

：那是我們宋朝人愛好和平嘛，不像元朝，整天想統一天下。我們和遼國訂和約，得到將近一百年的平安歲月，這才能全力發展文化事業呀。宋朝的瓷器美，詩詞美，宋朝的文人特別有氣質。而且你看，我們幾乎只要國家有難就會出現幾個力挽狂瀾的大人物，像范仲淹、岳飛和楊家將，誰說我們宋朝弱！

：（看看手錶）是是是，不好意思，小包，我們今天只能訪問到這裡，時間到了。

：咦，我還沒說完哪，我們大宋懂得用頭腦跟敵人談判，只用一個和約，就和遼國保持了百年的和平，這可是古往今來很少有的成就；再者，提到宋朝的詩詞……

：小包、小包，我們錄影的時間真的要結束了，攝影大哥要關機了。

：我還有很多沒說清楚，我們宋朝……

：（插嘴）小包！我好像聽到開封府有人鳴鼓申冤了。

：（立刻站起來）哎呀，我就說嘛，我時間有限，忙著辦案，我這就回去。不過，你們確定不聽我上回辦了一個駙馬的故事嗎？

：不了不了，感謝包大人來我們的節目。希望還有機會邀請你。

：沒問題，你們先別走，等我把案子斷完，我立刻回來。

# 絕對可能任務——

看完了潘玉珊和畢伯斯在宋朝的冒險，
是不是覺得刺激又有趣？
想成為時空冒險旅人中的一員嗎？機會來了！
接下來的任務就交到你手上，
讓不可能的任務成為可能吧！

# 任務1 一首宋詞看盡英雄的背影

教案設計：溫美玉／臺南大學附設實驗小學教師

## 蘇幕遮

宋／范仲淹

碧雲天，黃葉地，秋色連波，波上寒煙翠。
山映斜陽天接水，芳草無情，更在斜陽外。
黯鄉魂，追旅思，夜夜除非，好夢留人睡。
明月樓高休獨倚，酒入愁腸，化作相思淚。

| 主題 | 先讀詞，再思考 | 我的想像、推論與回答 |
| --- | --- | --- |
| 季節、地點、景物 | 一、這是什麼季節，有哪些景色、景物的變化？<br>二、詞描寫的是什麼時間？你怎麼知道？<br>三、你覺得這是哪裡？在自己的庭院，還是打仗的旅程中？你怎麼知道？ | |

| | |
|---|---|
| | 四、這樣的景色，你喜歡嗎？為什麼？ |
| **范仲淹** | 五、請參考附錄人物性格分析表來說明范仲淹的作為，並從文章中找線索來支持你的論點。（可選二到四個） |
| **發生的事情** | 六、這樣的景色中，范仲淹怎麼了？請想像他的動作、表情……<br>七、請參考附錄情緒列表，寫出范仲淹有什麼樣的情緒反應？為什麼會出現這些情緒？ |
| **讀者迴響** | 八、如果是你，你會跟范仲淹一樣，有這樣的情緒反應嗎？為什麼？<br>九、從范仲淹的這首詞中，你同意很多人說他是「鐵漢柔情」這樣的形容嗎？為什麼？<br>十、除了思鄉之愁，對於國仇（北宋）是否也是他揮之不去的痛苦呢？為什麼？（請在文章中找線索說明） |

## 任務2 我的「清明上河圖」

**1.基礎題**：請把文章中描述「清明上河圖」的場景，畫下來成為「我的清明上河圖」，並模擬字畫的捲軸，試著用卷軸的方式慢慢展開。圖中可包含潘玉珊和畢伯斯。

建議文字段落：

**第三十五頁倒數第四行**：城門後果然是一條大街。大街至少有三十公尺寬，一邊是茶樓、酒樓和客棧，另一邊是肉鋪、香料店和飾品店等。商店裡擺滿了絲綢布料、奇珍異寶、剛出爐的大餅，還有姑娘們喜歡的胭脂水粉，樣樣俱全。

**第三十八頁倒數第四行**：潘玉珊可沒空跟他解釋數位影像的原理，因為她看到畢伯斯已經在大街上跑來跑去，兩手張開，把自己當成了小飛俠。他經過一隊牛車；跳過賣水果的阿婆；鑽過一匹馬的肚子。

**2.進階題**：畫完基礎題之後，請發揮創意，在圖裡加入自己設計的景物，例如：人物、動物、物品、街景等等，讓這幅圖充滿想像與樂趣。

我的清明上河圖

| | | | | | | | |
|---|---|---|---|---|---|---|---|
| 煩悶 | 空虛 | 無力 | 無奈 | 羨慕 | 恐懼 | 勇敢 |
| 興奮 | 絕望 | 狂喜 | 抓狂 | 滿足 | 緊張 | 焦慮 |
| 驚喜 | 幸福 | 沾沾自喜 | 感動 | 悲傷 | 舒服 | 丟臉 |
| 孤單 | 解脫 | 委屈 | 歉疚 | 疲憊 | 放鬆 | 喜悅 |
| 愉快 | 快樂 | 自負 | 難過 | 忌妒 | 愚蠢 | 懷疑 |
| 安心 | 期待 | 震驚 | 痛快 | 希望 | 失望 | 沮喪 |
| 害怕 | 憤怒 | 矛盾 | 驕傲 | 得意 | 煩悶 | 安全 |
| 不耐煩 | 生氣 | 自信 | 感激 | 自卑 | 痛苦 | 貼心 |

# 附錄二　人物性格分析列表

| | | | |
|---|---|---|---|
| 武斷 | 體貼 | 順從 | 主動 |
| 自負 | 主見 | 膽大 | 好動 |
| 粗魯 | 自信 | 堅持 | 冷酷 |
| 被動 | 害羞 | 審慎 | 吹毛求疵 |
| 伶俐 | 依賴 | 熱情 | 慈悲 |
| 冷靜 | 固執 | 穩重 | 獨立 |
| 友善 | 浮躁 | 膽小 | 率真 |
| 富同情心 | 保守 | 剛強 | 隨便 |

# 徵人啟事——包大人的助手「小偵探」

| 雇主（老闆） | 包　拯 | 「小偵探」應徵者的自我介紹 | |
|---|---|---|---|
| 工作名稱 | 包大人的助手——小偵探 | 姓　名 | |
| 工作時間 | 時間無上限 | 年　齡 | |
| 工作內容 | 1. 協助包大人辦案。<br>2. 練習武功，鍛鍊體能。<br>3. 閱讀相關書籍並發表心得。 | 大頭貼 | |
| 薪資待遇及年終獎金 | 1. 按公務人員薪水計算。<br>2. 績效獎金視國庫狀況而定。 | 興　趣 | |
| 工作地點 | 全國各地 | 專　長 | |

| 具備條件 | 工作挑戰 | 成長及收穫 |
| --- | --- | --- |
| 聰明、冷靜、運動神經發達、耐心、具同理心、謹慎、不怕吃苦。 | 1. 面對歹徒要打鬥。<br>2. 晚上可能要值勤。<br>3. 要克服不熟悉的工作地點、環境。 | 1. 對人性更加理解，未來可成為心理專家。<br>2. 對事情的發生過程有更犀利、細膩的觀察與分析。<br>3. 武功愈來愈高強，再也不怕有對手。<br>4. 得到眾人的尊敬與推崇。<br>5. 可能被史家記上一筆，將會名留青史，永垂不朽。 |

| 應徵此項工作的理由，及對包大人的理解 | 為什麼包大人要錄取你？你跟其他應徵者有何不同？ |
| --- | --- |
| | |

作者的話

# 上一堂穿越千古的歷史課

讀國中的時候，我們歷史老師的綽號叫「老祖宗」。

老祖宗當然不姓老，她的年紀也很小，人長得溫柔美麗又大方；會有這麼逗趣的外號，全來自她的第一堂課。

那堂課講五十萬年前的北京猿人。北京猿人是人類的老祖宗，住在周口店，他們那時已經會用火了。如果老祖宗半夜想上廁所，對不起，那時代沒有馬桶，屋裡也沒有電燈，他們得走到山洞外頭解決；「要是一不小心哪……」老師的講課聲音停了一下，純粹想吊我們胃口。

「會怎樣啦？」我們班的肥仔問。

「要是一不小心碰上老虎，老祖宗就成了老虎的消夜囉。」

那堂課，老師左一句老祖宗、右一句老祖宗，她的外號就是這麼來的。

老祖宗的歷史課沒有違和感，她講起課，那些事彷彿昨天剛發生般，在那個還沒人談穿越的年代，我們的歷史課早就在玩穿越了。

例如有一堂課講唐朝，老祖宗不知道去哪兒找來導遊三角旗，帶我們穿越千古，回到唐朝參加她的一日遊行程；從長安春明門進去，經過灞橋風雪，直到唐玄宗的興慶宮……課上完了，長安城的東西南北也全記住了。

又例如她有天早上，帶了一堆食物來，什麼包子饅頭香蕉蘋果橘子的。我們猜老祖宗要請大家吃早餐，她說沒錯，但是要我們先猜猜，哪些食物北宋人吃不到，猜對了，才有賞。

前一天她才教過東西文化交流，後一天就帶食物讓你穿越時空，夠鮮了吧。

等我當了老師，幫小朋友上社會，我也希望孩子別離歷史太遠；古代人的生活，除了科技輸我們之外，其實也跟我們差不多。

他們一樣會生氣，一樣喜歡別人拍馬屁；長安城的房價高得讓人買不起；放假的時候，古人也喜歡去城外郊遊，不想留在城裡堵馬車。

古人的喜怒哀樂，和我們差不多。

因為差不多，我就盡量把小朋友和李白、杜甫畫上等號，人人聽得笑嘻嘻。

這次我又有機會寫「可能小學」，為了這件快樂的事，我又有機會跑大陸。

想要把故事寫好，最好能親臨現場。西安離古代的長安不遠；洛陽是東漢的首都；北宋的首都在開封；這些地方我都去了，站在古人生活過的地方，望著一樣的藍天與太陽，閉上眼睛，我真有一睜眼就能見到李白、杜甫的感覺呢。

啊，要是真能遇到他們一次，該有多好？

於是，我決定了，帶大家回到歷史上的關鍵點：

戰國，我想帶你們認識莊子——那個參透生死，喜歡講故事的道家學派主角。他身處戰國咚咚戰鼓中，會活得如何精采呢？

東漢，造紙術剛被發明出來，那時的人怎麼看待「紙」這種東西呢？東漢還出過一位偉大的科學家張衡，他不但懂科技，也熟天文和書畫詩詞，簡直是十項全能的古人，值得我們走一趟東漢去拜訪他。

北宋有一張名揚千古的畫——清明上河圖；開封有個斷案如神的包青天；平時看畫要去故宮，看包青天得等電視連續劇，現在有機會穿越一下，我也想帶你們到北宋。

最後是元朝。相較其它朝代，元朝奠基於草原，他們是馬背上的蒙古族，只是他們的故事被歷史的雲煙遮蔽太久，趁這時候，我們騎馬馭鷹進元朝，帥不帥？

唐太宗教我們：要把歷史當成一面鏡子，當你面對難題時，想想古時候的人會下什麼樣的判斷：有人做了錯的決定，遺臭千年；有人做了對的選擇，從此青史留名。

親愛的小朋友，當你讀歷史書時，如果能從中汲取一點精華，你這一生必能活得同等精采。

走吧，咱們穿越千古，來上歷史課吧。

審訂者的話

# 在孩子心中種下探索歷史的種子

柳立言／中央研究院歷史語言研究所助研究員

本書中我最欣賞的一句是「老師說的不一定對。想知道正確答案，一定要自己查過才放心」。但答案要到哪裡查？網路上很多錯誤的訊息，最好還是查閱專業出版社和專家的作品，包括辭典和百科全書——在宋代稱為「類書」。

宋代的兒童讀物有《千字文》和《三字經》等，內容龐雜，包括法律知識，有些連今天的大學教授也不見得通曉。同樣，本書的內容美不勝收。人物有包拯、范仲淹、畢昇和耶律王爺等，涵蓋不同的領域：包是法律、范是軍事和政治、畢是文化和科技，耶律是外交和貿易。文藝部分有瓷器、書畫、地圖、詩詞、印刷和佛經等，均可看到宋代的重要文化成就。

提起文化傳播，大都想到絲綢之路，但唐宋大不同。唐代的絲綢之路以陸路為主、水路為副，而宋代以水路為主、陸路為副。赫赫有名的沉船海南一號、碗礁一號、白礁一號和二號，無不顯示瓷器的貿易主要從沿海港口運銷海外，因其數量龐大，影響也更大。有些政策則不利於交流，例如宋人將宋遼貿易限制在邊境的榷場，兩國商人均難登堂奧。宋人也被禁止向遼國販售大部分的書籍，也不准漢遼通婚——事實上，當時遼國的精英大都採一夫一妻多妾制，也樂於接受漢文化。成本亦會影響流通，例如畢昇的活字印刷術費用甚高，並不普遍，有點像今日許多中學生的發明，雖然得獎，但無法上市。

本書中段花了較多的篇幅介紹包青天。首先是「聞了香氣，還了錢聲」，可看到包拯的機智。但是，讀者不妨想想，不是每個人都如此聰明，那麼還有哪些解決辦法呢？假如聰明屬於「人治」，訴諸法律未嘗不是「法治」。其次是獨臂人說自己「少了一隻手，怎麼可能偷東西」，而包拯證明一隻手也能偷東西。讀者不妨想想，這樣就能證明獨臂人是竊賊嗎？人治不一定可靠，引伸的問題是：宋代要定罪（指罪名，如偷竊）和量刑（指懲罰，如處死），需要什麼根據？跟今天的科學辦案和刑法上的「罪刑法定」有何分別？

再次是著作權，李黑把李白、李煜和李商隱三位同宗的著作當作自己的，究竟犯了何罪？他的八位書僮真的可稱作「共犯」嗎？依我看，李黑在道德上確是不對，但在法律上很難入罪，我們必須把道德與法律分清楚。引伸的問題是：歷史事實有無著作權可言？「歷史事實」與「歷史研究」是不同的兩回事。澶淵之盟簽訂於一〇〇五年是歷史事實，任何人都沒有著作權；但盟約是如何簽訂的、它對宋朝有利還是有害等諸多問題，不同的研究者可有不同的答案。有些可能是錯的，自然不是歷史事實；即使是對的，也找不到宋代的人來對質證明其對，故也難說是歷史事實，只能說是「比較有可能是歷史事實或真相」，其性質自屬歷史研究之過程和結果。所以，無論我們引用錯的答案或可能是對的答案，都應註明是哪一位學人的研究成果。同理，標點古書，標錯的自然不是歷史事實，而要避免誤標之譏，還是以註明誰是標點者為上策。

歷史研究有基本六問：何人（who）、何事（what）、何地（where）、何時（when）、為何（why）、如何（how）。希望讀者們養成一面閱讀一面發問的習慣，也藉由此書拉近自己和歷史的距離。

推薦人的話

# 故事的引力

林文寶／臺東大學榮譽教授

從小我們就要學習各種生活的基本、知識、技能與情意。而故事是學習的酵素，總是可以讓難入口的知識，變成一道道可口的佳餚。

大部分的學生都認為學習是件苦悶的事，不過如果學生肯扎扎實實的學會學習，學習會是一件快樂的事。

隨著時代的改變，填鴨式的學習已經不在，新的教育講求更多元化的學習，主要幫助孩子培養邏輯思考與理解能力，進而達到快樂的學習。而【可能小學】這一系列知識性作品，強調從故事當中認識歷史，就有這樣的趨勢。

【可能小學】的場景是發生在學校，校園生活故事一直是孩子喜歡的故事，因為與孩子的生活最接近，所以能產生極大的共鳴。若是說看完【可能小學】，學校的考試就沒有問題，這是騙人的；不過，應該可以引發孩子對於歷史的興趣，增強孩子的學習動機。

而這次的【可能小學】新系列，是介紹戰國、東漢、北宋和元朝四個朝代，這四個朝代都是中國燦爛精采的朝代，每個朝代都有其美麗的風景，舉凡飲食、服裝、藝術、文化都與眾不同；因此若能熟悉各個朝代的歷史，相信對於孩子的生活與眼界，一定有所助益。歷史的重要，在於「借鏡」——通過閱讀歷史的過程當中，可以發現前人的智慧，更了解自身文化。

一個喜愛閱讀的孩子，他的眼睛總是雪亮，他的人生絕對比別人更為精采；因為閱讀的關係，使他的眼界遠了，心也寬了。

閱讀絕對根植於生活，知識也是如此，如果能把知識生活化，絕對是學習的祕密武器。在我長期的任教生涯中，發現能夠把知識生活化，而非教育化的時候，學習效果會有不可思議的成長。

那麼，如何把知識生活化呢？首先，我們必須要有個概念：當知識不被使用到的時候，它就是廢物，一文不值，還占腦容量呢！唯有生活化，讓知識與生活連結在一起。當知識能在生活當中被運用，知識才是知識，孩子也在使用知識的過程中，獲得相當的成就感。

當一個孩子可以透過環遊世界，學習每個國家的地理，或者歷史，一定比靠著課本上的平面知識學習的效果，來得好上一百倍；因為歷史不再是冷冰無聊的文字敘述，而是可以摸得到的實際經驗，這就是知識生活化，得到絕佳學習效果的最好例子。

但是並非每個孩子都能有此般環境與經濟條件，不過不用擔心，因為科技的發達，使得孩子可以透過電視、網路等科技媒體得到知識生活化的效果。例如觀看旅遊節目、歷史戲劇，或者現在也愈來愈多偶像歷史劇，都可以達到知識與生活作為連結的方式，讓知識就在我們的生活當中。

王文華的【可能小學】將知識生活化，將許多歷史變成一則則校園的生活事件；他把歷史變成故事的情節，不只活化了歷史，還增添現代感，使得現在的孩子也能輕鬆閱讀。於是在市場上獲得廣大的支持——具時代性，新穎的題材，是他的價值。

【可能小學】系列不只將故事生活化，還將故事趣味化，使得在閱讀的過程當中，相當的愉快，沒有壓力，還能嗅聞到歷史的芬芳，絕對是歷史課本的補充教材，或是引導教材的不二選擇。因為它不是教科書，它是寓教於樂的讀物。

更因為它有生活，有故事。

# 搖搖紙扇訪宋朝

作　　者｜王文華
繪　　者｜L&W studio

責任編輯｜許嘉諾
特約編輯｜劉握瑜
美術設計｜林佳慧
行銷企劃｜陳雅婷

天下雜誌群創辦人｜殷允芃
董事長兼執行長｜何琦瑜
媒體暨產品事業群
總經理｜游玉雪
副總經理｜林彥傑
總編輯｜林欣靜
行銷總監｜林育菁
副總監｜李幼婷
版權主任｜何晨瑋、黃微真

出 版 者｜親子天下股份有限公司
地　　址｜台北市 104 建國北路一段 96 號 4 樓
電　　話｜（02）2509-2800　傳真｜（02）2509-2462
網　　址｜www.parenting.com.tw
讀者服務專線｜（02）2662-0332　週一～週五：09:00~17:30
讀者服務傳真｜（02）2662-6048
客服信箱｜parenting@cw.com.tw
法律顧問｜台英國際商務法律事務所・羅明通律師
製版印刷｜中原造像股份有限公司
總 經 銷｜大和圖書有限公司　電話：（02）8990-2588
出版日期｜2015 年 11 月第一版第一次印行
　　2024 年 8 月第一版第二十四次印行
定　　價｜280 元
書　　號｜BKKCE015P
I S B N ｜978-986-92261-4-1（平裝）

訂購服務
親子天下 Shopping ｜ shopping.parenting.com.tw
海外・大量訂購｜parenting@cw.com.tw
書香花園｜台北市建國北路二段 6 巷 11 號　電話（02）2506-1635
劃撥帳號｜50331356 親子天下股份有限公司

立即購買 >

國家圖書館出版品預行編目資料

搖搖紙扇訪宋朝 / 王文華文 ; L&W studio 圖 .
-- 第一版 . -- 臺北市 : 親子天下 , 2015.11
160面 ; 17×22公分 . -- (可能小學的歷史任務 . II ; 3)

ISBN 978-986- 92261-4-1 ( 平裝 )

859.6　　104019880